午前０時のラジオ局 満月のSAGA

村山仁志

PHP
文芸文庫

○本表紙デザイン＋ロゴ＝川上成夫

午前0時のラジオ局――満月のＳＡＧＡ――【目次】

登場人物

「酒谷昇太」

就職活動中の大学四年生。


「蓮池陽一」

少女漫画に出てきそうな美青年ディレクター。


「清水アンジェリカ」

派手な青い髪でＤＪを目指す少女。


「花音（かのん）」

昇太の恋人。女子アナ志望。


「寳田真純（たからだますみ）」

地元新聞記者。猫が大好き。


「川喜田三郎」

真夜中、ラジオ局に現れた少年。

午前0時のラジオ局――満月のSAGA――

――午前零時――。今日と明日の境目には、
見えない世界の扉が開かれる、と言います。
スタジオに現れたこの世ならざる者たちが、
今宵、ラジオの電波に乗って大気を伝わり、
あなたの部屋へお邪魔するかもしれません。

プロローグ

佐賀県の玄関口、ＪＲ佐賀駅の南側に小さなラジオ局がある。

そこには、さして目立たないガラス張りのスタジオがふたつあるが――そのうちのひとつで、時折奇妙な現象が起こるという。

ある者は「見たことも無いような美しい青年が空中から現れ、壁を通り抜けていった」と言い、ある者は「青い髪の女の子が、真夜中にマイクで喋っていた」と話し、またある者たちは「軍服姿の凛々しい少年を見た」「おばあさんの姿が急に消えた」「光る球が、クルクルと踊るように動いていた」――などと、それぞれ違うことを語る。

証言は様々だが、不可思議な目撃談に共通しているのは、いずれも『満月の夜』の出来事だという点である。

噂は次第に広がり、人々は好奇の眼でラジオ局を眺めるようになった。

事の真偽を番組宛てにメールで問い合わせるリスナーも現れたが、パーソナリティーたちは「そんな怪奇現象、ある訳ないじゃないですか」と鼻で笑った。中には「空中から現れるイケメンの幽霊がいるなら、私も会いたいです」と嘆く女性ＭＣ

もいた。

駅前広場に向けて設置された外部スピーカーからは、今日も早朝から深夜まで、ラジオ番組が楽しげに流れている。

ありふれた日常を、当たり前の日々を、何度も何度も繰り返し――やがてまた、満月の夜がくるのだ。

第一章　怪談ラジオ局

――佐賀駅も昔より随分賑わうようになったなあ――と、駅前広場に並べられたテーブルと椅子に腰掛けた彼は、しみじみ思った。満月が美しい春の夜、真新しい紺色のリクルートスーツを着込んだ大学生としては、少々辛気臭い感想かもしれないけれど。

でも正直子どもの頃から、昭和の面影を引きずった駅舎は古めかしく感じていたし、近くにあった大型スーパーが無くなってからは、ますます県都の駅としては寂しいんじゃないかと思わずにはいられなかった。

だが、ここ数年の佐賀駅周辺の発展ぶりは、なかなかのものだ。

特に南口は、庇のように広場へ張り出した大きな屋根が設置されてから、目に見えて人通りが増えた。木の骨組みに白い幕が張られた大屋根は、直射日光や雨を防いでくれる。駅前広場は時間帯や天候に関係なく、多くの人が会話を愉しんだり、列車を待つ間にコーヒーを飲んだり出来る空間に変わったのだった。

中には、彼――酒谷昇太と同じく、ラジオ番組目当てで駅を訪れる人も少なからず存在する。

駅の南口には、大屋根の完成前に移転してきたラジオ局があり、常に外部スピーカーからオンエアを流しているのだった。

このラジオ局は七十年ほど前に佐賀市郊外の田園地帯に開局したが、局舎（きょくしゃ）が老朽化（ろうきゅうか）したのを機に、再開発が進む佐賀駅前に居を移したのである。古いラジオ局の面影はもはや無く、創立時に作られたブロンズ製の社名プレートが、オフィスの片隅（かたすみ）にさりげなく置かれているくらいだ。

以前は番組見学に行くのもちょっと面倒な場所にあったが、今は駅の隣にあり、ガラス張りのオンエアスタジオが南口広場側に造られているので、見学もしやすくなった。

もっとも、少々内気な昇太はラジオ局から少し離れた席で、スピーカーから流れてくるラジオに聞き耳を立てるくらいだけれど。

ちなみにきょう三月二十四日は日曜日なので、生放送は無い。日曜日は録音番組か、東京から放送されているプログラムがほとんどとなっている。

様々なラジオ番組が流れる中、夕方からはお酒を出す屋台やキッチンカーも現れ、屋根の下はオープンカフェかバルのような開放的な雰囲気になる。これまでの佐賀駅には無かった光景だ。

だが、その賑わいも夜十時でおしまいである。

午後十時になった瞬間、ラジオのスピーカーはオフになり、ラジオ局前に設置された幅四メートルの大型ビジョンも音声が途切れる。画面には、駅前広場のエチケット向上を呼び掛ける広告などが、静かに繰り返し流れ続けるのだった。

まるでそれが合図であるかのように、だんだん人影が少なくなっていく。

午後十一時半を過ぎると、南口広場にいるのは、いよいよ昇太ひとりになった。

今夜は満月なので、大屋根の照明や駅前ビジョンに加え、広場もいつもより少し明るい感じである。

昇太は周囲に誰もいないことを確かめ、チタンフレームの眼鏡をかけ直すと、ガラス張りのラジオスタジオにちらりと目をやった。やがて体ごとラジオ局の方を向いて、まじまじと観察する。

「……」

何事も無いことを確認して、テーブルに向き直る。

駅前のラジオ局には、ある噂（うわさ）があった。満月の深夜になると『怪奇現象が起こる』というのだ。

昇太の彼女、花音（かのん）もよく言っていた。

「満月の夜はね……駅前のラジオ局、出るらしいよ……」

あれは去年の冬のことだったか。

マンション十一階にある昇太の部屋で花音は、

「例のラジオ局の話なんだけどね。大学でも結構、見た子がいるみたいだよ」

怖い話が大好きな彼女は、目をキラキラ輝かせながら夢中になって話していた。

「バカだなあ。幽霊なんか、いないってば。『オバケなんてないさ』って歌もあったろ」

昇太はコタツの上のみかんに手を伸ばしながら、呆れ顔で返した。

「大体、満月の夜ってなんだよ。狼男じゃあるまいし」

「でもほら、月の光ってさ、なんか神秘的な感じあるじゃない？」

昇太はみかんのヘタの方を上向きにして持った。みかんの皮は窪んだヘソ側から剝く人が多いが、実はヘタから剝いた方が上手に剝けるのだ。

――ヘタだけど上手に、とか。

自分の思いつきに笑いそうになるが、わざとしかめっ面を作って話し続ける。

「毎日、日本中で何千人も死んでんだよ？　病気とか事故とか、老衰とかでさ。ホントに幽霊がいるなら、わざわざ心霊スポットなんか行かなくても、どこもかしこも幽霊だらけだろ。でも俺、一回も見たことないよ」

「そりゃ、私だって見たことなんてないけどさあ……だけど、ひょっとしてもしかしてホントにいるなら、見てみたいじゃん」

　昇太の理屈は至極もっともだったが、小柄でショートカットの花音は食い下がった。

「なんかきっとさあ、普段は見えなくても、見えてしまう条件的なものが揃うと見える、みたいなことがあるんじゃない？」

「条件的なもの？」

　昇太はみかんを剝く手を休めて花音を見た。

「幽霊側に、どうしても生きている人に伝えたい的なことがあるとか。ほら、怨霊的な存在とかってさ、なんか物凄く怒ったり憎んだりしてる訳でしょ……それこそ、あちらの世界からこちらの世界に飛び越えてくるほどの、超絶的なマイナス的パワーっていうの？　それをさらに、満月の神秘的パワーが後押しする的な感じ？」

「さっきからすんごい『的』が被ってるよ」

「細かいことは気にしないの。日本語なんて、通じたら良い的な感じで」

「いや、花音さん、将来は一応アナウンサー志望でいらっしゃるんですよね。それでしたら、普段から正しい日本語をお使いになった方が……」

　昇太が慇懃に突っ込む。

花音は高校時代、アナウンスのコンクールで度々全国大会に出場した経歴があり、女子アナ志望者としてはなかなかの有望株と言われている。華やかでよく響く声質は、仲間内で『噂話が出来ない声』などとからかわれることもあるが、天性の明るい性格も含めて、これほどアナウンサーに向いている人はいないんじゃないかと昇太も思っている。

ちなみに昇太自身は花音の影響で、マスコミ業界全般、特に放送局に憧れを抱きつつ、将来の夢はまだ模索中だ。

——放送局に入れたらいいけど、花音ほどの才能も熱意も無いし……。

彼女とは付き合い始めてまだそれほど経っていないけれど、もしも就職先が離れてしまったら、二人の仲はどうなるのだろうか。そもそも、いかにも異性にモテそうな花音が、自分のような引っ込み思案なキャラ……陰キャと付き合ってくれていること自体が、不思議なのだけれど。

——なんで付き合うことになったんだっけ？

その成り行きというか馴れ初めを思い返す間も無く、花音が逆襲に出た。

「正しい日本語って言うならさあ。さっき昇太くんが言ってた『おばけなんてないさ』って歌はどうなの？」

「え？」

「正しくは『おばけなんていないさ』にすべきじゃないの？」

「それはどういう……」

「お化けは少なくとも生きてる人間じゃないけど、何らかの自由意思を持った意識体と推察されるのは間違いないでしょ？　だったら、そんな高次元意識体を『オバケなんてないさ』って、モノ的に雑な扱いをするのは失礼なんじゃないの？」

――意識体って言い方、かっこいいな。

ところどころ日本語に怪しい部分があるような気もするが、花音の言葉のセンスにはいつも感心しているのだ。

「さらには、お化け『なんて』という強い言葉まで使って全否定し、貶(おとし)めてるでしょ？　私が幽霊だったら、怒る案件だよ。激おこプンプン丸的な」

「なんだそれ」

いやしかし、そもそも「ないさ」とタイトルと歌詞で断言されている訳だから、この歌が「幽霊という実在しない存在」にとって失礼にあたるのかどうかを気にするのは、いささか的外れなのではないだろうか。

まあそれはさておいて――「ないさ」という言葉の使い方に花音が疑問を呈するのは、意外と鋭いのかもしれない。少なくとも、昇太はこれまで全然気にしてなかった。

「考えてみたら、逆に『お化けがある』とも言わないしなあ」

「でも、古典的な表現としてはあり得るよね」

「あ。なるほど！」

言われてみれば、「ある」は高校時代に国語の授業で習った記憶がある。確か「誰(たれ)かある」という呼びかけは、「誰かいるか？」という意味だった。

しかし子供向けの歌で古典的表現を使うというのは、どういうことだろうか。

『いる』のか『いない』のか。『ある』のか『ない』のか。

「でも、この歌も私たちが生まれるはるか前、一九六〇年代に作られているから、その当時だったら古語的表現が残っててもおかしくないのかも。ひょっとして昭和世代の人たちは、疑問にさえ思わなかったのかもね」

「ていうか、よく知ってんね！」

驚く昇太に「ふふん」と花音が得意げに笑った。

「実は卒論のテーマを『童謡(どうよう)と日本語』にしようと思って、色んな童謡を研究中なの。ドウヨ？」

「とりあえず、童謡ダジャレ頂きました」

花音も昇太と同じく、ダジャレ好きである。中年オヤジ的会話を楽しむふたりなのだった。

「ま、実は『おばけの存在なんてないさ』というのが縮まって、『おばけなんてないさ』になったのかもしれないよね。詩とか歌って、リズム感が大事だしさ。説明臭い歌詞もイケてないいし」

「なるほど」

本当のところは知らないけれど、花音の分析は説得力があるような気がした。

「でもね」

花音はキリッとした顔で続けた。

「ついでに言うと『七つの子』って童謡もどうかと思うの。カラスの子どもなんだから、正しくは『七羽(わ)の子』なんじゃないの？　まさかカラスの子が七歳って訳じゃないだろうし。ね、どう思う？」

「え……」

そんなことを考えたことも無かったので、昇太は困ってしまった。

「あらあらまあ！」

彼女は腕組みをして、ドヤ顔で昇太を睨(にら)みつけた。

「実はこの歌のタイトルについては諸説あるみたいなんだけど、そんなことさえ知らないくせに、こんな問いかけにも即答出来ないくせに、このわたくしに対して『正しい日本語』について指摘してくるなどという、無礼千万(ぶれいせんばん)的な態度を取った暴挙的ふるまい？」

「失礼つかまつりました！　もう二度と金輪際的に、花音さまに無礼千万的な態度は取りません！」

　昇太はコタツから出て、土下座をした。カーペットに頭をこすりつける。

「うむ。にじゅうまるで許す」

「ははあ！」

　昇太は、天板上の高級みかん『にじゅうまる』が入った器を、恭しく花音の方に押し出した。

『にじゅうまる』は、佐賀県が誇るブランドみかんの名前である。見た目、香り、甘さ、果汁、食感、すべてが『二重丸』という、佐賀の期待を背負って生まれたみかんだ。控えめに言っても、最高に美味しいみかんなのである。

「みっつともどうぞ！」

「え？　全部いいの⁉」

『にじゅうまる』は高級なだけあって、値段的にもなかなか高いのだ。

「母さんも父さんも『もう要らない』って言ってたから、大丈夫だよ」

「……マジで」

　花音は横目で後ろを気にした。

廊下を挟んで扉の向こう側がリビングだ。基本的に、彼女が来ているときは両親も気を遣って出てこない。その気遣いが嬉しくもあり、少々気まずくもあって、複雑な気分ではあるけれど。

「んじゃ遠慮（えんりょ）なく頂きます！」

「ご遠慮なく！」と昇太は敬礼した。

「では花音さま、剝いて差し上げます！」

「ご苦労。ヘタから上手に剝きなさい」

「あ、それ、俺が言おうと思ったのに！」

悔しそうな昇太に、彼女は「そんなの、小学生でも思いつくわよ」と呆れ顔だ。

昇太は「そうかなあ」と口を尖らせながら、高級みかんを剝き始めた。みかんを剝いたり、りんごを切ったりするのはいつも昇太の役目である。

花音は小学生のとき、両手首から先を病気で失っている。精巧な義手を使って大抵のことは器用にこなしてしまうのだが、昇太とふたりでいるときは「あーしてほしい」「こーしてほしい」と、何かと甘えてくるのだった。

昇太は「俺は花音ちゃんのお世話係かよ」とぼやきつつ、感謝の目で見つめられると、まんざらでもない気分になってしまう。それを見て「昇太くん、マジでチョロ過ぎ」と笑う彼女であった。

花音が自分の手のことで愚痴を言うのを、ただの一度も聞いたことが無い。

ハンディキャップに拘泥せず、常に華やかな笑顔で周囲を明るくし、何にでも挑戦することを信条にしている彼女を、昇太は心から尊敬していた。

「出来そうにないことをやっちゃうのが、私なのよね」が、彼女の口癖だ。

――俺には、勿体なさ過ぎる彼女だっつーの……。

「早く早く！」

尊敬してやまない相手が、「あーん」と口を開けている。

「雛鳥かよ」

「七つの子だよ」

口の中に一粒放り込んでやると、少女は目をぎゅっと閉じて「んーっ！」と言いつつ、ゆっくり味わい……目を開けて昇太を見た。

「で、さっきの話の続きだけどさ」

「ああ、カラスの？」

「じゃなくて、幽霊の」

そういえば最初は、駅前のラジオスタジオに出る幽霊の話をしていたのだった。

花音と話していると、いつも脱線してしまう。時には収拾がつかなくなることもあるのだけれど、そんな会話だって楽しいふたりであった。

「私ね、そもそも幽霊には、出やすい環境があると思うの」

「どんな？」

「さっき昇太くんも『心霊スポット』って言ってたじゃん。いかにも、そういう闇の世界の住人たちが出そうな場所だよ……」

花音は声を潜(ひそ)めて言った。

「例えば、誰も訪(おとず)れなくなった廃墟とか、人里(ひとざと)離れた海とか川とか山とか森とか、それこそ、真夜中の神社とか寺とか教会とか、墓地(ぼち)とか」

昇太は彼女の真剣な様子を見て、意地悪く笑った。

「今度、真夜中の墓地に、ひとりで行ってきなよ」

「えええ。絶対ムリ！　超ムリ！」

怪談は好きだが、そのくせ怖がりの彼女は顔を引きつらせた。

「幽霊出てこなくたって、夜中にお墓は怖かよっ！」

「ダジャレ三連チャン頂きました」

佐賀弁のダジャレはともかく、深夜のお墓とかお寺は、オカルトに興味が無い昇太でも、何とは無しに気持ちが悪い。

「でも駅前のラジオ局だったら、近所だし怖くないでしょ。それにね、ラジオってなんか霊の世界に近い感じしない？」

「え？　なんで？」

「だって、発明王エジソンが最後に研究してたのが『霊界ラジオ』じゃない」

「マジで⁉　ていうか、よく知ってんな！」

　花音の雑学力には心底感心してしまう。こんなところも、彼女はマスコミに向いてるんじゃないかと思うのだ。

　花音の解説によると——

　人間の脳は電気信号が行き交うことで思考している。よって『エネルギー不変の法則』に基づき、死んだ後もその電気エネルギーは消えずに残っている筈だから、それをキャッチすればよい——というエジソン渾身の発明品が、『霊界ラジオ』だったらしい。

　しかし、死者の声を聴ける機械が現代に存在しないということは、結局、発明王エジソンといえども、『霊界ラジオ』を発明することは出来なかったのだろう。

「だからさ、今度駅前にふたりで見に行こうよ！」

　期待に満ちた瞳で、昇太を見上げる。幽霊なんて馬鹿バカしいと思いつつ、この表情で迫られては断ることなど出来はしない。

「まあ……俺も結構ラジオは好きだから、一回くらい見に行ってもいいけど」

　実を言えば、昇太もラジオ局には興味津々である。駅前スタジオの前を通る度に、さり気なく中を覗(のぞ)き込んでいるくらいだ。

　そもそもラジオをよく聴くようになったのは、女子アナ志望の花音がきっかけである。付き合い始めた彼女と話を合わせるためにラジオ番組を聴くようになり、そのうち、自分自身もラジオが好きになっていったという訳だ。

「やった！」

　花音が抱きついてきた。彼女の義手が添えられた背中はひんやりとしているが、顔や柔らかい体が当たる正面は温かい。昇太はズレた眼鏡を元の位置に戻しつつ、もはや幽霊話どころではなくなってしまった。


　結局、彼女と駅前ラジオ局に行くことはなかった。

　実家暮らしの花音の両親は門限に厳しく、なかなか真夜中の外出を許してくれなかったのだ。

　そして——

　去年の春、彼女は交通事故で亡くなってしまった。

　居眠り運転の車に横断歩道ではねられ、即死だった。

　あまりにもあっけなく訪れた別れに、昇太は呆然(ぼうぜん)とするばかりだった。

通夜に出て、葬式に出て――彼女の死に顔がとても綺麗で、ただ眠っているようにしか見えなかったこともあり、非現実感は増すばかりだった。

だがその数日後、久しぶりに大学のキャンパスを歩いていて、ふと花音が隣にいないことを実感した昇太は、突如猛烈な悲しみに襲われた。その場にくずおれて、泣きじゃくった。叫びながらアスファルトを殴って、こぶしに血が滲んだ。たまたま居合わせた学生たちが遠巻きに見ていたが、もはや人目など気にならなかった。

それからの昇太はまさに抜け殻同然だった。

夢でもいい、幽霊でもいいから花音に逢いたい――と強く願った。

事故の現場にも、廃墟にも、人里離れた海にも川にも、真夜中の墓地にも行ってみた。駅前のラジオ局にだって行った。

だがこの一年、結局彼女は一度も姿を現さなかった。

――未練とかさ、無いのかよ。

無さそうな気もする。

花音はさっぱりとした湿度の低い性格だった。もしも多少のうらみつらみがあったとしても、彼女ならそんなマイナス要素はきっぱりと振り払い、次のステップに進むような気がする。

――死んだ人間の次のステップって、何だろう？

「そんなの、死んでみなきゃ分からないよな……」と呟きつつ、昇太はテーブルに置かれたアイスコーヒーを眺めた。

氷は全部溶けて、底の方に薄茶色の液体が溜まっている。この一杯で、今夜は何時間粘っただろうか。お洒落なキッチンカーで買った透明のプラスチック容器に、大型ビジョンの青い光が反射する。

数台並んでいたキッチンカーは、もうどれも店仕舞いをして、どこかに走り去ってしまった。

慟哭するほどつらい気持ちを抱えていても、時間は容赦なく過ぎ去っていく。

昇太は大学四年の春を迎え、世間ではすでに就職活動が始まっていた。

そして花音の死からは一年近くが経ち、彼はようやく現実に目を向けられるようになっていた。

何はともあれ生きていかねば——と彼は考えた。

ちゃんと寝て、起きて、ご飯を食べて。

花音だって、昇太が立ち直り、生きていくことを望むんじゃないだろうか。

そのためには大学を卒業し、人並みに職に就き、お金を稼いで、きちんと生活しなければならないと思う。

だが、しかし。

──きょうも面接、ダメだった……。

久しぶりにエントリーシートが審査を通ったのに、昇太は面接会場で緊張して頭が真っ白になってしまい、全然思い通りに喋（しゃべ）ることが出来なかった。自分に対して全く興味が無さそうな面接官たちの表情を見ているだけで、「これはダメだ」と確信出来たほどだったのだ。

テーブルに突っ伏しながら、ノートパソコンを横目で見る。まだ面接から半日も経っていないのに、早々と『不採用通知』のメールが届いていた。ついでに他の企業からも、書類審査落ちのメールが次々と送られてきている。

昇太の就職戦線は、エントリーシート段階で不合格になり、面接にすら辿（たど）り着けないターンがずっと続いている現状なのであった。

──一体、これで何社目の不採用通知だよ……。

自分が就きたい職業が定まらなかったので、全国規模の大企業に始まり地元優良企業まで、まさに手当たり次第にエントリーシートを送り続けている。二十社まで書類で落ちたのは覚えているが、そこから先は数えるのを止（や）めた。多分、三十社は下らない。いや、ひょっとしたらもう四十社を超えているかもしれない。

──春だというのに、桜は散るばかり……。

「つうか、まだ咲いてもいないっつーの」

セルフ突っ込みしても溜息しか出ない。

企業からのメールには、判で押したかのように『大変残念ですが、今回はご縁が無く……』と書いてある。大学の就職指導課では「たとえ不採用でも、君の人格まで否定された訳じゃない。縁が無かっただけだから、落ち込むことはないよ」と励まされた。

しかしこうも不採用が続くと、果たして自分に『ご縁』が生まれる日が本当にくるのか、就職なんていう人並みのことが成し遂げられるのか、桜は咲いてくれるのか、とても不安になってしまう。

――母さんと父さんに、なんて言えばいいんだろ。

これだけ帰りが遅い時点で、今日の結果はバレバレだろうけど。

バッテリーが切れそうになっているノートPCを見ると、もう日付が変わるところだった。電源だけじゃない、時間切れだ。

――仕方ない、帰るか。

自宅は駅近くのマンションで、歩いて五分もかからないところにある。背の高いマンションだが、駅前広場からはちょうど他のビルの陰になっていて、階段の辺りしか見えない。

両親がもう寝ていてくれると気が楽なのだけれど。コンビニにでも寄って、もう少し時間をつぶしてから帰ろうか。

昇太が愛用しているＰＣは、花音の形見だ。彼女の両親から「買ったばかりでほとんど使ってないみたいだから、良かったら娘の代わりに使ってほしい」と手渡されたのだった。

昇太がノートＰＣを儀式のように「パタン」と折り曲げるのと同時に、大屋根の照明が落ち、さっきまで真っ暗だったラジオ局に明かりが灯(とも)った。

「え？」

光に包まれた全面ガラス張りのスタジオに、小柄な女の子が座っている。長い髪は鮮やかなスカイブルーで、蛍光(けいこう)色のジャンパーを羽織った、派手そのものの出で立ちだ。

彼女は大きく息を吸って喋り始めた。

「今日と明日の境目、午前零時になりました。ミッドナイト☆レディオステーション・イン・ＳＡＧＡ！」

そのひと言で、番組テーマ曲がスタートした。星がきらめくような効果音に導かれ、軽快なポップミュージックが弾(はじ)けていく。

ついさっきまで静かだった駅前広場で、まるで突如カーニバルが始まったかのような華やかさだ。ノリの良い音楽と光の眩しさに、昇太はクラクラするような感覚を味わった。

やがてテーマ曲が『BGレベル』に下げられると、呆気に取られている昇太に向けて、女の子が軽く頭を下げた。

「こんばんは、清水アンジェリカです!」

——俺のこと見た?

——ていうか、アンジェリカ⁉

——本名? 芸名?

——結構カワイイし……

——いやいや、そうじゃなくて。

昇太は混乱しながら、頭の中をまとめようとした。

幽霊を見るために、駅前広場で深夜まで過ごしたことは何度かあるが、こんな番組、しかも生放送に遭遇したのは初めてだ。

それに放送業界に仄かな憧れを抱いている昇太は、このラジオ局がきょうは深夜番組をやっていないことを知っていた。

——午前零時からは、東京キー局の番組じゃなかったっけ?

——こんな番組、知らない。

──ミッドナイト☆レディオステーション・イン・SAGA？

──どういうこと？？？

昇太の心情を知ってか知らずか、ガラスの中のアンジェリカは、満月の話から桜の開花情報、最近凝っているゆで卵の美味しい食べ方までをテンポよく喋ると、番組一曲目の紹介を始めた。

「ではでは、今夜のオープニングナンバーは、超大人っぽくジャズで迫ります。あたしもそろそろ、大人の女にならなきゃだし！」

少女は低い声で「ふふふ」と笑った。

「アメリカの超伝説的黒人ジャズピアニスト、マイルス・ハンコックのアルバムからお送りしますよ。マイルスはもう亡くなったけど、ウチのディレクターは一緒に仕事したことがあるんだって。超凄いね！　お送りするのは『真夜中のラジオ局』……うわあ。タイトル、この番組と超一緒じゃん！」

昇太の知らないパーソナリティーだから、新人なのだろうか。でも、勢いがあるというかパワー感溢(あふ)れる喋り方だし、強弱や緩急(かんきゅう)をつけるのが上手い。

ただ、少々『超』が多めな気がする。

──花音も『的』が多かったけれど。

──ま、あれは半分以上、俺に突っ込ませるためにわざとやってたんだよな。

言わば、言葉のじゃれ合いだ。そんなことを思い出すと、やっぱり切なくなってしまう。

「んじゃあ、この曲フルコーラス、六分三十七秒たっぷりかけますからね！　ちょっと長めの曲だけど、でもでも全部聴かなきゃ、この曲の醍醐味は伝わらないんだなあコレが！　で、その後コマーシャル挟んで、ゲストの登場だよ。今夜のゲストは……」

アンジェリカはガラス越しに昇太を指差した。

「スタジオの前で、ポカンと口が半開きになっている眼鏡のお兄さん、キミだっ！」

ビシッとポーズを決めて、ドヤ顔で微笑む。

――え？　俺？？

マイルスのピアノ曲が流れ出すと、アンジェリカは目を瞑った。昇太の方向を指差しながら、反対側の手でヘッドフォンを押さえてリズムを取り始める。

――え？　なに？　なんなのこの子？

――ゲスト？　ラジオの？？　俺が？？？

もしやテレビのドッキリ企画的なものではと疑い、周囲をきょろきょろと見回してみるが、昇太のほかには誰もいない。駅前ロータリーのタクシーの待機場所にも、一台すら停まっていなかった。

いま駅の南口広場にいるのは、完全に昇太一人である。

――どういうこと？

ますます混乱が増していく昇太をよそに、スタジオの横にある空間で人影が動いた。そこは副調整室（サブ）で、スタッフが詰める場所だということを昇太は知っている。明るい照明に包まれたスタジオと違って、サブ側は薄暗くて外からはよく見えない。

するとサブのガラス扉が開き、誰かがひょいと顔を出した。昇太を見て、手招きをする。

昇太はしばらく戸惑っていたが、なかなか手招きが終わらないので仕方なくパソコンをリュックに入れ、ラジオ局に近づいていった。

「やあ君、こんばんは」

見たことも無いような美男子が微笑んでいる。

年齢は二十代後半くらいだろうか。睫毛（まつげ）が長く、やや長い髪は軽くカールしていて、白いシャツに桜色のベストを着ている。身長は百七十センチの昇太よりも少し高いくらいだろうが、体形のバランスが良くて足が長い。まるでそのまま少女漫画にでも出てきそうな爽やかさだった。

「こ……こんばんは」

青年の美しさに見惚れながら、昇太はおずおずと答えた。

顔が小さく輪郭が整っていて鼻筋が通り、眼が大きい。自分と同じ人類とは思えない顔面の造作だ。

——ファッション雑誌のモデルとかって、きっとこんな感じなんだろうな。

「今夜はいい満月だね」

「え？　あ、はい。そうですね」

空を見上げると、月はちょうど大屋根とスタジオ前の庇の間に輝いていた。

「古来、満月には不思議な力があると言われている。少なくとも、トーマス・エジソンが真昼のように明るい電球を発明するまでは、世界中の人々がそう信じていたことだろう。

しかし現代日本においても、この静謐な青白い光を浴びていると、確かに月光には、現実世界から乖離した魔力があるのかもしれない、なんて考えてしまうよね。君はどう思う？」

「え……いや、はい、どうでしょうか……」

エジソンの話題を持ち出されるのは、雑学女王・花音との会話以来だ。戸惑いが増すばかりの昇太に、彼はもう一度微笑みかけた。

「ま、世間話はこれくらいにして」――と突っ込みたい昇太に、彼はたたみかけるように言った。

「僕は、ラジオディレクターの蓮池陽一(はすいけよういち)と言います。君は？」

「え？　あ、大学四年の酒谷昇太です……」

いきなり名乗られてしまい、思わず自分もフルネームを教えてしまった。

「しょうたくん……ひょっとして『昇る』という字を書くのかい？」

「あ、はい。そうですけど」

陽一は、ウンウンと頷いた。

「だと思った。君にぴったりの名前だよ。ちょうど君は、今まさに人生の分岐点(ぶんきてん)で、上昇気流に乗ろうとしている。名前のように『昇ろう』としているんだ。だけどその第一歩が踏み出せないでいるようだね？」

美青年ディレクターは、昇太の着慣れないリクルートスーツを見て、就職難にあえぐ窮状(きゅうじょう)を一瞬で見破ったのだろうか。

「でも大丈夫だ。お父様から頂いた自分の名前を信じて、最後まで頑張るんだよ」

「はあ」

――俺、一歩踏み出すどころか、第一関門のエントリーシートすら通らないんですけど……。

――ていうか、なんで俺の名前を父さんが付けたこと知ってるんだろ。当てずっぽう?

「君のことは昇太くんって呼んでもいいかな?」

「は、はい……別に構いませんけど」

気安いのを通り越して馴れ馴れしい態度だが、嫌な感じではなかった。桜色のベストが似合う、春風のような雰囲気をまとった好青年だ。

「じゃ、昇太くん。そういう訳だから」

と言って、彼はウインクした。

「は?」

何がそういう訳なのだろうか。

それにしても、現実世界でウインクする人物を初めて見た。

まるで洋画の俳優のようにさまになっているのは、まさしく彼が見事なまでの美男子だからであることは間違いない。イケメンは、きっとイケメンとして生きているというだけで、楽しい毎日が過ごせるのではないだろうか。

しみじみ感心している昇太に向かって、彼は言葉を続けた。

「僕はね、さっき始まったこの番組のディレクターなんだけれど、番組の内容はすべて清水アンジェリカに任せていると言った方が正しいかな。それで今夜、彼女が君をゲストに選んだのだから、僕はその通りにするしかないって訳さ」

「は……？」

——このイケメンさん、何言ってんの？？？

「まあいいから、こっちにおいで昇太くん」

「え？　いや、僕は……」

まさか本当に、昇太をゲストとしてラジオスタジオに迎え入れるつもりなのだろうか。

「僕はね、知っているんだよ」

美青年ディレクターは、昇太の眼を真っすぐ覗き込んで言った。

「な、何をですか？」

昇太は、陽一の少し色素の薄い瞳から目を逸らしながら聞いた。

「君がよく南口広場に座って、ラジオを聴いていること。そして時々、しげしげとスタジオの中を覗き込んでいることを、さ」

「み、見てたんですか……？」

彼はもう一度ウインクした。

まさかラジオ局の人に気づかれていたとは。恥ずかしくて顔が真っ赤になっているのが、自分でも分かった。

「ラジオに興味があるんだろう？　それなら、今夜は千載一遇のチャンスだ。不定期で放送しているこの番組に出合う機会なんて、そうそうないからね」

「不定期？」

「今夜は日曜日だ。本来は放送休止時間帯を設けて、放送機器のメンテナンスに充てている真夜中の時間帯……その隙間を使って気まぐれに生放送をしている、という訳さ。『ミッドナイト☆レディオステーション・イン・ＳＡＧＡ』は、余程のラジオ好き、いや、余程の物好きじゃないと聞き逃してしまう、一期一会な番組なんだよ」

「はあ……」

昇太は『そうだっけ？』『この時間はキー局の番組で、放送休止時間はもう少し後じゃなかったっけ？？』と思いつつ、立て板に水の説明を聞いているうちに、何だか美青年が言うことが正しいような気がしてきたのだった。

「おいで昇太くん。ラジオの世界を見せてあげよう」

昇太は、差し伸べられたその手を思わず掴んでしまった。

彼の手はまるで水のようにひんやりとしていたが、冷たい花音の義手に慣れていた昇太は、違和感を覚えなかった。そんなことよりも、ラジオスタジオへの興味が遥かに勝り、ガラス戸の向こう側へ足を踏み入れたのだった。

第二章　突然の生放送

――どうしよ、マジで生放送のスタジオに入っちゃった……。

天井の明るいLED灯に照らされたスタジオの中を、きょろきょろと見回す。四畳半（よじょうはん）くらいの広さだろうか。外から見るよりも狭く感じた。

昇太（しょうた）とアンジェリカは、駅前広場を正面にして並んで座っている。

全面ガラス張りのラジオ局だが、中に入ってみると、実はスタジオの手前にもうひとつ窓があり、腰の高さくらいまでの壁があった。

靴は脱ぎ、スリッパに履き替えている。土足禁止のスタジオで、足下は薄いグレーのカーペットが敷かれていた。

ふたりから見て右側にガラス窓を挟んで副調整室（サブ）があり、ディレクター陽一（よういち）がいる。今はリスナーから届いたメッセージを確認しているようだ。印刷したメールを読みながらにこにこ笑ったり、時折首を傾（かし）げたり、表情の豊かな美青年である。

サブの手前、机の右端には手のひらサイズの液晶モニターが置かれ、放送データが映し出されている。黒い画面に沢山（たくさん）の数字やアルファベット、番組名などが色とりどりに表示されていて、じっと見ていると目がチカチカしてしまう。

六分以上ある筈のジャズナンバーは、あっという間に終わってしまい、コマーシャルタイムに入っていた。ＣＭが終わったら、昇太の出番だ。モニターに目を遣ると、『ＣＭ』の項目の秒数が見る間に減っていく。あと十秒でコマーシャルが終わって、いよいよスタジオトークが始まる。

――うわ、マジで本番始まっちゃうよ……。

手のひらが汗ばむのを感じる。これに比べたら、面接試験の緊張なんて可愛いものだ。女子アナ予備軍の花音だったら、同じ場面でも緊張しないだろうか。昇太はすがるように、右横に座ったアンジェリカを見た。

彼女は「うーん」と伸びをしていて、「よしっ！」と気合を入れた。

その横顔が一瞬、花音と重なり、昇太は驚いた。もちろん気のせいに違いない。だが、ふたりの女の子は何かと共通点があるような気もした。

「ミッドナイト☆レディオステーション♪」と番組ジングルが流れ、アンジェリカは手元のマイクスイッチに手を伸ばした。小さなプラスチック・プレートに軽く指先が触れると『ＯＮ』の文字が赤く光る。サブの陽一が、かざした右手を優しく下げた。喋り出しのキューサインだ。

「時刻は午前零時十分になりました！　というわけで……コマーシャル前に予告した通り、スタジオの前で口をポカンと開けていた眼鏡のお兄さんに、スタジオに入ってきてもらいました！　お兄さん、こんばんは！」

「こ、こんばんはっ！」

緊張で声が上ずってしまっているのが、自分でも分かった。もう少しで裏返るところだった。心臓の音が聞こえそうなくらいドキドキしているのを感じる。

「ゼロサガへようこそ！」

「ど、どうも……」

番組の略称は、「ゼロサガ」らしい。午前零時に始まる番組だから、『零』をゼロと言い換えたのだろう。

「いやー。まさか、マジでスタジオに来てくれるとは思わなかったよ」

あっけらかんとアンジェリカが言うのを聞いて、昇太は椅子からずり落ちそうになった。

「えっ⁉　冗談だったんですかっ？」

「そーだよ」

「ちょ……勘弁してくださいよ」

昇太は頭を抱えながら言った。

ある意味、ドッキリ企画そのものである。

――こっちは、決死の思いでマイクの前に座ってるのに……。

「まーまー。佐賀駅前でこの番組と出くわすなんてこと滅多に無いし、ある意味、一期一会だから」

ディレクターの陽一と同じことを言っている。

「それにしてもお兄さん、さっき番組が始まったとき、超驚いてたよね」

「いや、だって。暗くて静かだったのに、いきなり派手に照明が点いてラジオが始まったから……」

「それそれ、それが狙いなの！　インパクトって、超大事でしょ？」

彼女が手を叩いて喜ぶ。

「はあ、まあ」

「お兄さんのリアクション、狙い通りで超嬉しかったよ！」

「それはどうも……」

苦々しげな表情を見て、アンジェリカはニヤニヤ笑っている。

「あ、そうだ。お名前は？　いつまでも『お兄さん』じゃ変だよね」

今更のように、目の前の青年の名を知らないことに気づいたのだった。

「な、名前……⁉」

「本名に抵抗あるなら、ラジオネームでもいいよ」

「そ、そうですね……」

「何て呼ばれたい？」

――ど、どうしよう⁉

正直、何も考えてなかった。

――やっぱ本名は恥ずかしいし、ラジオネームがいいけど……

再び、頭が真っ白になってしまう。

「好きな食べ物とかないの？」

アンジェリカが助け船を出した。

――食べ物？　食べ物、食べ物……

「じ、じゃあ『サケ茶漬け』で……」

「サケ茶漬けが好きなんだ？」

自分の苗字の『酒谷（さけたに）』から、とっさに『鮭』が頭に浮かんだだけで、それほど大好物な訳でもない。しかしとりあえず神妙な面持ちで頷（うなず）くと、アンジェリカは大声で笑った。

「お兄さん、超面白い！　ゲストに呼んで良かったよー」

「ど、どうも」

もちろんサービストークだろうけれど、呼んで良かったと言われるとやはり嬉しい気がする。

「ではでは、リスナーの皆さん！　今夜のゲスト『サケ茶漬けさん』へのインタビューを始めますよ。よろしくお願いしますっ！」

「は……はい！」

　改めてお願いされると、さっきまでの緊張感が戻ってきた。背筋を伸ばして座り直す。スタジオの前は暗くてよく見えないが、幸い広場に人影は無いようだ。

　――でも、聴取率が一番低い時でも、ラジオを聴いてる人って何千人かはいるハズだよなあ……。

　余計な知識が浮かんできてしまい、緊張のギアが一段上がる。昇太は自分がラジオファンであることを少し後悔した。

「まず、初めて入ったスタジオの感想はいかがですか？」

　少々かしこまった感じでアンジェリカが聞いてくる。

「いや、そりゃもう……緊張してます」

「だよねえ。いきなり生放送のスタジオに呼び込まれて、そのまますぐ喋りなさいって言われても、困っちゃうよねえ」

　アンジェリカがウンウンと頷く。

「可哀（かわい）そ」

「いや、アンジェリカさんが来いって言ったんでしょ？」

思わず突っ込んでしまう。

「そうだっけ？」

「そうですよ！」

彼女が噴き出した。

「まあ、そういうことにしといてあげるけど」

「いや、そうだから！」

「だってホントに来ると思わなかったって、言ったじゃん。あの誘いは、『喰いついてきたらラッキー』的な気持ちで、撒き餌を撒いた感じ？」

「俺は魚ですかっ⁉　ひど過ぎ！」

なんだかムキになって言い返していると、アンジェリカは「でもサケ茶漬けじゃん。魚じゃん？」と笑いながら、目尻の涙を指先で拭った。

「いま何歳？　社会人なの？」

「二十一歳で、この春、大学四年です」

「あ、やっぱあたしよりちょっとお兄さんだ。あたしはもうすぐ二十歳！」

——はたちかあ……若いっていいなあ。

などと考えてしまう、就職活動に疲れた大学生なのであった。

少女はとても楽しそうに見えた。有り体に言って、輝いている。きっと喋る仕事が向いているのだろう。花音と同じだ。

「じゃあ、逆にサケ茶漬けさんから、あたしに聞きたいことある？」

「え……」

——あ、そういえば。

「あのう。アンジェリカって名前は、本名なんですか？」

「もちろん本名だよ」

「へえっ……！」

ちょっと驚いた。青い長髪にド派手な蛍光色のジャンパーの彼女には、よく似合っている名前ではあるが。

「あの、お父さんかお母さんが外国人とか？」

「よく聞かれるけど、両親とも完全な日本人で、さらに佐賀んもんだよ」

何が「さらに」か分からないが、家族そろって由緒正しい佐賀県民らしい。彼女は机の上のキューシートに、ボールペンで名前を書き始めた。意外に丁寧で読みやすい字だった。ペンを握る指先は、髪と同じ青いネイルだ。

「アンジェリカってね、あんずの『杏』に、慈悲の『慈』、英語の『英』、凛々しいの『凜』、難しい方の『華』で、『杏慈英凜華』って書くんだ。暴走族かってーの！」

自分で突っ込みながら、バッグからパスケースを取り出し、運転免許証も見せてくれた。

名前を見ると、確かに『杏慈英凜華』と書いてある。本名に間違いない。苗字は、清水(しみず)ではなく『河原崎(かわらざき)』だった。清水だけ芸名なんだろうか。

本名のフルネームは、河原崎杏慈英凜華。まるでお経(きょう)か戒名(かいみょう)である。

ちなみに顔写真は、黒いストレートヘアだった。今の青い髪は、免許を取った後で染めたんだろうか。

「この名前、親は親なりに頑張って考えたらしくて、姓名判断の画数(かくすう)が良いんだって。でもいちいち全部書くのが面倒臭いし、ラジオで説明始めたら、それだけで三十秒くらい尺取っちゃうんだよね」

『尺取っちゃう』という表現が、「業界っぽくてカッコイイ」などと思ってしまう昇太であった。

「それでやっぱ面倒だから、もう色々考えないであっさり決めたの。普段はカタカナで通しちゃえって」

「でもそれだと、せっかくの良い画数を台無しにしているのでは……」

「え？　なにそれ、そのツッコミ！」

アンジェリカは頬(ほ)っぺたを膨らませた。

「あたしが熟考に熟考を重ねて、やっとの思いでカタカナに決めたっていうのに、文句あんの？」

「いや、面倒だから色々考えないであっさり決めたって、さっき言ったじゃないですか」

「あれっ？」

青い髪の少女は「あはは」と豪快に笑った。

「あのう、それから」

「え、もうひとつ質問？　次は有料になるけど大丈夫？　超高いよ」

眉をひそめ、一段低い声で言う。

「マジですか⁉」

昇太は就職活動でロクにアルバイトが出来ないから、このところ財布に余裕が無いのだ。

「うそうそ！　超真面目な学生さんだなあ。無料、無料！」

アンジェはもう一度笑った。

「ではサケ茶漬けさん、ふたつ目の質問、カモン！」

微妙に韻を踏んで聞いてくる。

「あの、アンジェリカさんは、どうしてラジオのパーソナリティーになったんですか？」

「そりゃ好きだからでしょ、ラジオが」

彼女は即答した。想像通りの答えだった。

「どうしてそんな当たり前のこと、知りたいの？」

「僕……いや、私は就職活動中なんですけど、自分が成りたいものが今イチ分からなくて、就職先の企業も定まらなくて。それで、全然上手くいかなくて……」

昇太は口ごもりながら言った。

「サケ茶漬けさんは、ラジオが好きなんじゃないの？」

アンジェリカは不思議そうに言った。

「だってウチのラジオ局、前からよく見に来てたよね？」

「え、アンジェリカさんも僕に気づいていたんですか？」

「もちろん！」

彼女は親指を立て、ジャンパーの胸を張った。胸元にはピンク色のラメで〝RADIO〟とロゴが入っている。

「前からね、ディレクターと『そのうち、あのにーちゃんに声かけてみようぜ』って言ってたんだよ」

「そ、そうだったんですか」

恥ずかしくて顔から火が出そうだった。

「だからサケ茶漬けさんは、ラジオが超好きな人なんだろうなって、普通に思ってたんだけど」

「はい、もちろん好きなんですけど……」

昇太は暗い窓の外を見た。

「どちらかというと好きだったのは、僕よりも彼女の方で……」

「え？　彼女いるんだ⁉」

アンジェリカの表情が、ぱあっと明るくなった。

「ねえ、どんな人どんな人？　超聞きたい、超知りたい！」

右隣からグイグイ詰め寄ってくる。圧が凄い。完全に口元からマイクが外れているが、声が大きいから大丈夫なようだ。あるいは昇太の前にあるマイクが、彼女の声を拾っているのかもしれない。

「その……彼女は一年前に亡くなったんですけど……」

彼女は「えっ」と小さく呟き、目を見開いた。陽一と同じだ。

色素の薄い茶色の瞳だ、と昇太は思った。

「ごめんなさい。余計なこと聞いちゃって」

彼女は頭を下げた。

「あ、いいえ。いいんです。気にしないで」

昇太は半分立ち上がりながら、慌てて手を振った。

「彼女が亡くなって、僕、本当に生きる気力を失ってたんですけど、一年経って、やっぱり自分はちゃんと生きていかなきゃって思って……それで、もう大学四年だし、とりあえず就職活動やってるんですけど、自分が成りたいものがよく分からないせいか、ちっとも上手くいかなくて」

昇太は座り直して、両手を机の上に置いた。

「でも彼女は生前、ずっとアナウンサーに憧(あこが)れていて。絶対なるって、周囲の友達とかにも公言してて。僕なんかと違って頭も良かったし、才能もあったから、多分、生きてたらちゃんとアナウンサーになってただろうと思うんです」

花音が大きなハンディキャップを持っていたことは言わなかった。そんなことは、花音にとって本当に些細(ささい)なことに過ぎないと思っていたからだ。

「サケ茶漬けさんの彼女さんは、きっと自信家で、そのぶん頑張り屋さんで、魅力的な人だったんだね」

アンジェリカの想像は、ぴたりと花音の人間像と一致していた。

「はい。その通りの人でした」

昇太は大きく頷いた。

「もしも……」

青い髪の少女は、昇太の目を見つめて言った。

「もしも彼女と話が出来るとしたら、何が聞きたい？」

「え」

思いがけない質問だったが、彼女の顔は真剣そのものだった。

昇太は目を閉じて考えた。答えは意外なほど早く浮かんだ。だが、彼はその言葉を大切に紡(つむ)ぎ出すように、ゆっくりと呟いた。

「それは……彼女が、いま幸せかどうか、でしょうか。僕、あの子には、必ず幸せになってほしいから」

「死んだ人が、幸せかどうか？」

アンジェリカは半分噴き出しながら言った。

「え？　あ、変ですよね。ごめんなさい」

「ううん。あたしの方こそ、笑っちゃってごめんなさい」

彼女は真面目な表情に戻って、もう一度頭を下げた。

「僕は……僕自身のことなんか本当にどうでもよくて。彼女がいなくなって一年経った今だって、彼女が笑ってくれてたらそれでよくて」

ああ、本当にそうだな――と昇太は思った。

自分が何故(なぜ)、喪失感を乗り越えて前へ進もうと考えることが出来たのか、喋りながら腑に落ちたのだった。

「僕が就職活動しているのは……お金を稼いで生きていくためっていうのは当然あるけど、それ以上に、亡くなった彼女に喜んでほしかったからです。彼女に『頑張ってるね』『偉いぞ』って、褒めてほしいからなんです」

今夜初めて会った人を相手に本音で話をしていることに、昇太は驚きを禁じ得なかった。しかもこれは、ラジオの生放送なのだ。

だけど今、限りなく素直な気持ちになれているのは、アンジェリカの人徳のおかげだろうか。それとも、インタビューのテクニックのようなものなのだろうか。

「サケ茶漬けさんって、超イイ人だね。彼女さんが好きになったのも分かるよ」

「そ、そうですか?」

昇太は頭をかきながら言った。

「その想い、届くといいね」

「……」

届くだろうか。

この一年間、夢の中にだって現れなかった彼女に。

死んだ後も、魂はあるのだろうか?

もしもあるのなら、今、彼女の魂はどこにいるのだろうか——。

「あたしは、きっと届くと思う」

　少女は印象的な茶色の瞳で、彼を見つめた。

「ラジオは、心と心をつなぐメディアだから。そしてこの番組は、その最たるものなんだから」

「心と心を……」

　ふいに、胸に熱いものが込み上げてきた。

　花音ともう一度話がしたい、と心の底から思った。

　目に涙が滲(にじ)んだ。

　——花音ともう一度会うためだったら、俺は何だってするのに。

　だけどそれが決して叶わぬ望みだということを、昇太はこの一年で思い知っていたのだった。

『そろそろ曲かけようか』

　トーク・バック（ＴＢ）で、ディレクターの陽一がふたりの会話を短く遮(さえぎ)った。

　ＴＢというのは、パーソナリティーの耳だけに聞こえるスタジオの連絡システムで、オンエアでは聞こえないようになっている。

「んじゃサケ茶漬けさん、音楽行こっか！」

　さっきまでのしみじみとした雰囲気とは打って変わって、アンジェリカが明るいトーンで言った。

「曲紹介、どうぞよろしく！」

「え……あ、はい！」

昇太は慌てて両目を袖口で拭き、机上のキューシートを手繰り寄せた。でも急に振られたので、とっさにどこを見ていいのか分からない。

「次の曲はここだよ、ここ」

アンジェリカが隣から、ボールペンの先で教えてくれた。

「あ、この曲……佐賀県出身の、わ、鷲尾伶菜さんで『Ｂａｔｏｎｓ～キミの夢が叶う時～』です……」

「ＳＡＧＡ２０２４のイメージソングで、超お馴染みだよね。作詞は３２６さんで、作曲は千綿偉功さん。フルコーラスでお送りして、その後はコマーシャルです。それではどうぞ！」

　ＳＡＧＡ２０２４というのは、これまでの国体から変わる新しいスポーツ大会、「国民スポーツ大会」「全国障害者スポーツ大会」の、第一回大会の名称である。つまり新しいスポーツの祭典が佐賀から始まるということで、佐賀県は今、空前のスポーツブームとなっているのだ。

　短いイントロに続いて切ないボーカルが流れ出し、鋼鉄製のドアが開いた。小さく拍手をしながら、スタジオに陽一が入ってくる。

「いやあ、いいよいいよ。昇太くん、いやサケ茶漬けくん、イイ感じだ。思った通り、ラジオ向きの優しい声をしてるね」

「は、はい、ありがとうございます」

そんなことを思ってたのかと意外に感じながら、昇太は礼を言った。

「それから」

陽一は拍手を止め、穏やかな微笑みを浮かべて言った。

「恋人さんの想い出。よく話してくれたね」

「あ、いえ。それは……アンジェリカさん相手だと話しやすいし、つい口に出た感じで、夢中で……」

また涙が滲んでくるのを感じながら、昇太は話した。

「うん」

陽一は頷いた。

「昇太くん。それが、真夜中の魔法なんだ」

「魔法？」

どういう意味だろう。

「真夜中というのはね、人々が心の奥底に隠し持っている色んな想いが、知らず知らず、人知れず、思いがけず溢(あふ)れ出してしまう、そんな時間帯なんだよ」

陽一はアンジェリカを一瞥(いちべつ)し、視線を昇太に戻した。

「深夜ラジオには、あちこちから、様々な想いが集まってくる。嬉しさ、悲しさ、寂しさ、苦しさ、怒り……それら雑多な想いが、今度は逆にマイクからラジオの電波を通して、人々に広がっていく。夜のしじまを通り抜けて、雲間から星々の下を走り、時には時間さえも越えて、世界中に拡散していくんだ」

昇太はこれまで、ラジオのことを陽一が語るようには考えたことが無かった。『手軽で身近なメディア』くらいの印象だったのだ。

――ラジオって、意外と奥が深いものなんだな。

ありきたりな感想しか浮かばない。こんなとき、ボキャブラリー豊富な花音だったらどんなコメントをするだろうか。

「だから僕らラジオマンは、一言一言、心を込めて言葉を紡ぐ。一曲一曲、想いを込めて、音楽をお送りする。これほどやりがいのある仕事はないよ。そうは思わないか?」

彼の熱い想いに賛同するほどに、昇太は自分が恥ずかしくなった。

一言一言想いを込めてどころか、さっきはアンジェリカにリードされつつ、感情にまかせて話しただけだ。

「昇太くん。さっきの君のトークは、とても良かったよ」

「いえ、ただ一生懸命喋っただけですから」

昇太は顔が火照っているのを感じながら言った。

「それに、君は僕とよく似ているしねえ……」

陽一は胸の前で腕を組んでしみじみと呟いているが、こんな美青年と自分のどこが似ているのか、さっぱり分からない。

「ところで、パーソナリティーで一生懸命なタイプには、ふた通りあってね」

彼は人差し指を立てた。

「ひとつは頑張っているのが空回りして、聴いていると、気の毒な感じになっちゃうタイプ。そしてもうひとつは、喋りは下手かもしれないけど、リスナーが思わず応援したくなるタイプなんだ。

君の場合は後者だよ。さっきのトークで、沢山のリスナーを味方につけたと思うから、安心して」

「そ、そうでしょうか?」

「外をごらん」

昇太が駅前広場側の窓を見ると、たくさんの人々で埋めつくされていた。

陽一や昇太が見ていることに気づき、こぞって手を振ってくる。サラリーマン、学生、お年寄り、色んな年代の男女が、笑顔でスタジオの前に集まってきていた。十人くらいはいるだろうか。

「いつの間に……」

昇太は文字通り目を丸くした。

「さっきまで、誰もいなかったのに」

「きっと昇太くんは集中して喋っていたから、気づかなかったんだね。彼女の想い出話のあたりから、スタジオの前を横切る人たちが足を止めて、昇太くんの言葉を熱心に聴き始めた。それで、今はこの状態なのさ」

「マジで……」

昇太が感激して頭を下げると、窓の向こう側のリスナーたちは、拍手で応えた。二重の防音ガラスに遮られているから音は聞こえないが、昇太は感動で胸がいっぱいになった。

「どうだい昇太くん？　これがラジオだよ」

昇太が顔を上げても、窓の向こう側の拍手はまだ続いていた。

「いま確かに、君の心と、集まってくださった皆さんの心はつながっている。僕はね、ラジオを『心のライフライン』だと思っているんだ」

——心のライフライン……

「このラインは目に見えないけれど、人の、人々の感情が音に乗って、さらに電波を通して、どこまでも伝わっていくんだ。近くにも、遠くにも、共感の輪が広がっていく。それは時に、命さえも救うことがある」

「命を救う……？」

「そうだ。そして、心もね」

——それって、さっき……。

「ほら！　陽一さんもあたしと同じこと言ってる！」

アンジェリカが割って入った。

「ラジオはね、心と心をつなぐメディアなの」

得意げに胸を張って見せる。

「まあ、あたしはともかく陽ちゃんは、ラジオに関してはキャリア三十年以上の、超ベテランだからね。この人が言ってることは大体全部、おおむね当たってるんだから！」

大体なのか全部なのか、はたまた、おおむねなのか。

「アンジェに高く評価してもらって嬉しいよ」

美青年が得意のウインクをして見せ、少女はピースサインで応えた。

ふたりは大変仲の良いチームのようだが、昇太はアンジェリカの一言が気になっていた。

――キャリア三十年って……。

どう見ても二十代後半にしか見えない若さだけれど。

――『生まれたときからラジオ好き』とか、そういう意味で言ってるのかな。

それだったら分からないでもない。まあ、きっとそんなところだろう。

「陽ちゃんの言う通り、サケ茶漬けさんは頑張って喋ってさえいればいいんだよ！　そしたら何とかなるって！」

青い髪の少女は弾（はず）んだ声で言った。

「うん、ふたりは良いコンビになりそうだ」

「だねー」

「そ、そうですか？」

――ん？　いいコンビ？

どういう意味だろう。自分は一回きりのゲストなのに。

「あたしのことはアンジェって呼んでいいよ。いちいちアンジェリカさんじゃ、まどろっこしいでしょ？」

「はあ、まあ確かに……」

でもそれを言うなら、『サケ茶漬けさん』も少々語呂が悪い気がする。

――『サケちゃん』とか？

提案しようかどうしようか迷っているうちに、陽一が口を開いた。

「ねえアンジェ。昇太くんのラジオネームも『サケ茶漬けさん』じゃ少し語呂が悪いから、『サケちゃん』でいいんじゃないか？」

自分の考えと同じだったので、昇太は胸が高鳴った。そう大したことじゃないのかもしれないけれど、プロの人と同じアイデアを思い付いたのは何だか嬉しい。

「いいね。サケちゃん賛成！」

「決まりだ」

アンジェリカが上げた左の手のひらを陽一が叩き、そのまま鋼鉄製のドアを開けずに出ていったが、たまたま昇太は見ていなかった。

三時間後、番組が終わって昇太はラジオ局を出た。南口広場側のドアではなく、スタッフ専用の裏口からだ。

結局、昇太は成り行きで――というかアンジェリカの『命令』により、番組のエンディングまで出演し続けたが、初めてのラジオ生出演はなかなか楽しかった。自分宛てのメールもリスナーからいくつか送られてきたし、中には大切な人を亡くした悲しみに寄り添うメッセージや、就職試験のアドバイスもあった。

まさに『ラジオは心と心を結ぶメディア』という、陽一とアンジェリカの言葉が実感出来る夜だったのだ。

番組のエンディングテーマが終わると、陽一が拍手をしながらスタジオに入って来た。「とてもいい番組だった。昇太くん、今夜は君のおかげで盛り上がったよ。ありがとう」とウインクし、アンジェリカは「ま、半分以上あたしのおかげだけどね！」と笑った。

ふたりとも、「ぜひまたおいで」と誘ってくれたのだった。

何だか夢のような一夜だった。

昇太は裏口から駅前の通路に出て左側を向くと、恐る恐るスタジオ側に回った。本番中に手を振ってくれたリスナーたちに会うのは気恥ずかしいが、帰り道の方向なので仕方がない。

しかし、スタジオ前には、もう誰もいなかった。少なくとも十人くらいが見学をしていたと思うが、番組が終わった途端に皆帰ってしまったのだろうか。

リスナーに声をかけられたらどうしよう——とそわそわしていたので、正直拍子抜けしたが、少々ほっとした気分でもある。

「あれ？」

スタジオの中が真っ暗だったので、昇太は驚いた。

ついさっきまで煌々と天井灯が光り、机の上にはメッセージや音楽の資料が散乱していた筈だ。だが外から見る限り、電気の消えたスタジオの中は綺麗に片付いている。

――いつの間に……？

ついさっきまでラジオの生放送が行われていた余韻は、スタジオの外にも中にも、全く残ってなかった。まるで、何事も無かったかのように。

昇太は周囲を見回した。駅周辺には誰もいない。

午前三時過ぎ。まだ夜明けは遠い。一番闇が深い時間帯だが、今夜は満月が輝いている。月明りの中、駅正面に立つ面浮立の像が少し動いたような気がして、昇太は身を震わせた。

昔の人が言った『狐につままれたような感じ』とは、こういう状況をいうのだろうか。

――満月の夜はね……駅前のラジオ局、出るらしいよ……

花音の言葉を思い出して、笑みを浮かべる。

「おばけなんてないさ」

彼は軽く首を振ると、自宅へ向かって足取り軽く歩き始めた。

た。

アンジェリカは暗いスタジオの隅に立ち、遠ざかる昇太の背中を目で追ってい

歩く彼の周囲を、二つ三つ、白く小さな光が舞っている。彼自身は気がついていないようだ。

「サケちゃん、また来るかな?」

いつの間にか横に立っていた陽一が「そうだね」と優しく言った。

「きっとまた来るよ。だって彼は……」

彼は言葉を止めた。

アンジェリカの両目には涙が溜まっていた。

陽一は少女に微笑んだ。

「アンジェ、君も帰って少しは寝た方がいい。明日も朝から仕事だろう?」

「はい」

「今夜も楽しかった。また来るよ」

「早く来てね」

「きっと満月の夜に……」

青のウイッグを脱ぎ、黒のボブヘアをかき上げると、彼の姿はもう消えていた。

すると天井の一角から、カタカタと機械が震えるような音が聞こえ、白い紙が数

枚、ひらひらと落ちてきた。どの紙も全体が青白く光っている。

アンジェリカは慣れた手つきで、落ちてくる紙を次々と空中でキャッチした。彼女が手にしたのは、Ａ４のコピー用紙だ。用紙にはそれぞれ、びっしりと何か文字が書かれている。

「番組の感想か……」

紙自体が放つ光に照らされながら少女が文面をすべて読み終えると、不可思議な紙たちは光を失い、闇の中に消えてしまうのだった。

昇太は駅近くの自宅マンションに辿り着いた。

エレベーターで十一階まで昇り、玄関の鍵を開ける。

両親の靴を見ながら、後ろ手にそっとドアを閉めた。

しばらく様子をうかがうが、家の中に動きはない。どうやら二人とも寝ているようだ。安堵して革靴を脱ぎ、自分の部屋へ向かう。

第三章　真夜中に鳴く

佐賀(さが)駅南口に、午前零時を知らせる時報が鳴った。
光に包まれた全面ガラス張りのスタジオに、若い男女ふたりが横並びに座ってい
る。鮮やかなスカイブルーの髪に、蛍光(けいこう)色のジャンパーを羽織った少女が、大きく
息を吸って喋(しゃべ)り始めた。
「今日と明日の境目、午前零時になりました」
紺ブレにカッターシャツの青年もマイクに顔を向ける。
ふたりで声を合わせて――
「ミッドナイト☆レディオステーション・イン・SAGA！」
一瞬間をおいて、番組テーマ曲がスタートした。星がきらめくような効果音に導
かれ、軽快なポップミュージックが弾(はじ)けていく。
駅前広場にたまたま居合わせていた数人が、突然始まったラジオ番組に驚き、ス
タジオに顔を向けた。
ほとんどが近所の居酒屋で飲んだ後、広場のベンチや椅子でくつろいでいた人々
である。その中に、地元佐賀新聞の記者、寳田真純(たからだますみ)がいた。

――は？　なにこれ？？

今夜は、彼女が取材しているバスケットボール男子Ｂ１リーグの、佐賀バルーナーズが大差で勝ち、原稿も気持ち良く書き上がった。それで解放感に包まれながら、駅のバーでたまたま出会ったブースターたちと一緒に、ハイボールを一杯飲んだ。飲んだはいいがアルコールには弱いので、駅前広場の椅子でミネラルウォーターを飲みつつ、酔い覚ましをしていたところだった。

「よいしょ、と……」

彼女はもたれかかっていた金属製のテーブルから体を起こした。首から下げたスマホが、カチャカチャと鳴る。

プラスチック製の猫のアクセサリーをスマホに沢山付けているので、「寶田が歩いてくると、遠くからでもすぐ分かる」と同僚記者によくからかわれる。しかし、猫グッズのガチャガチャを見かける度にコインを投入してしまうのは、彼女にとって仕方のないことだった。

――だって猫が飼えないんだから、ガチャで猫分を補給しないと、激務を乗り越えられないじゃん？

スマホの裏側には、実家で飼っていた猫の写真もシールにして貼っている。白い猫だったから、名前はシロ。シロは、真純の就職が決まり、実家を離れてまもなく天国へ旅立ってしまった。真純は死ぬ瞬間に立ち会っていないので、いまだに実感が湧かない。

——ああ、シロに会ってモフモフしたいなあ……おでこの、お布団を干したような匂いを嗅ぎたい……。

しかしその機会が、もう二度と巡ってこないことは分かっている。

——せめて、もうちょっと仕事に余裕が欲しいよ……。

実は「猫のいる暮らし」を求め、つい最近、ペット可のマンションに引っ越したばかりなのだが、生憎仕事が忙しくて、なかなかペットショップや譲渡会に足を運べずにいたのだった。

——まあ猫の話は置いといて、と。

眼鏡をかけ直し、まじまじとラジオ局を見る。

真純は現在、主にスポーツ取材を担当しているが、その前は芸能・文化欄を担当していた。佐賀県内のテレビやラジオの番組は大体把握しているつもりだったが、この番組の存在は知らなかった。

——ていうか今の時間って、東京キー局の番組じゃないっけ？

それとも自分が担当を変わってから、新しく始まったプログラムなのだろうか。

いずれにしろ、佐賀のラジオ局で深夜番組が生放送されるのは珍しい。

正直、真純は新聞記者になるまでラジオを聴いたことが無かった。だけど仕事で触れているうちに、好きになった。音だけの不自由なメディアは、文字と写真だけの新聞とどこか似ているような気もする。

——ある種の仲間意識ってやつかな。

——新聞もラジオも、不自由だからこその良さって、あるんだよね。

やがて、オープニングテーマ曲の音量がＢＧレベルに下げられた。パーソナリティーたちの挨拶(あいさつ)が始まるようだ。

——少し眠たくなってきたところだけど……。

何だか面白いことになってきた。

真純は興味津々(しんしん)で身を乗り出し、ふたりのトークに耳を澄(す)ませた。

「こんばんは、もうすぐゴールデンウイークですね。清水(しみず)アンジェリカです！」

「こんばんは、サケ茶漬けです。サケちゃんって呼んでください！」

「いや、ちょっと！」

アンジェリカが机に突っ伏した。起き上がりながら、向かって右横のサケ茶漬けこと、酒谷昇太(さけたにしょうた)を見る。

「まだそのラジオネームっていうか、芸名、引っ張るつもり？　もう二回目なんだし、もはや本名でいいじゃん⁉」

「いや、でもこの番組に出るのって一か月ぶりですし、リスナーの皆さんにとっても、前回と同じ名前の方が分かりやすいかなぁって……」

「なるほど。まあ、それは一理あるよね」

少女が大仰に頷いた。

やりとりがいささか芝居じみているのは、ふたりが事前の打ち合わせ通りにトークを進めているからである。予定通りなのにギクシャクしてしまうのは、多分に昇太の『喋りの間の悪さ』が原因だった。

年齢は昇太の方が少し上だが、アンジェリカはすでにプロＤＪの貫禄がある。ラジオ出演の経験など全く無い昇太と比べると、喋りの実力では天と地ほどの違いがあった。そのギャップが間の悪さを目立たせているのだ。

「でもふたりのトークは、それでいいんだよ」と、番組ディレクターの蓮池陽一はオンエア前に言った。

「僕はね、アンジェと君の喋りが重なって生まれる〝化学変化〟を聴いてみたい。きっとそれはリスナーを愉しませる、喜ばせるトークセッションに発展していくと確信してるんだ」

陽一は昇太の気持ちを落ち着かせるように、肩を叩きながら言った。その手が妙に冷たく感じられたのは、気のせいだろうか。

「ではサケちゃん、改めて自己紹介をどうぞ！」

アンジェリカの呼びかけで、昇太は現実に引き戻された。

「はい！　かしこまりました！」

自分のテンポの悪さに気づいている昇太は、手に汗握りながら、窓ガラスの向こうを見た。

いつのまにかスタジオ前に数人のリスナーたちが集まっている。後方の広場のテーブルでも、こちらを見ている人がいるようだ。集まってくれた人の中には、前回昇太がゲスト出演したときに見かけた顔ぶれもいた。聴衆の温かな笑顔に勇気をもらい、昇太は喋り出す。

「えっと僕は……先月、駅前広場でアイスコーヒーを飲んでいたら急にこの番組が始まり、アンジェさんに無理矢理スタジオに呼び込まれて出演させられた、サケ茶漬けです！　僕は大学四年で、現在、絶賛就職活動中です。いい就職先があったら教えてください！　以上です」

「ちょっとぉ！」

昇太の右に座っているアンジェリカが、横を向いて眉間に皺を寄せた。

「超ひどくない？　それじゃまるで前回、あたしがサケちゃんを無理矢理スタジオに呼び込んだみたいじゃないの⁉」

「いや、そう言ってるんですけど……」

「あ、そうか」

少女は「あはははは」と豪快に笑った。

この笑い声も芝居じみているが、テンポが良いので場の雰囲気を損ねることなく、逆に盛り上げている。ガラス窓の向こうのリスナーたちも、みんな声を出して笑っているようだ。昇太は『やっぱアンジェさん、トークが上手いな』と感心した。

「で、今夜はサケちゃん、なんでここにいるの？」

「えええっ⁉」

今度は昇太が机に倒れ込んだが、頭がマイクに当たって「ボコッ！」と大きな音を立ててしまう。「すすす、すみません！」と慌てて起き上がる彼を見て、アンジエリカは素で笑っていた。

――マイクにぶつからないように、次は気をつけなきゃ……。

ズレた眼鏡の位置を直しながら、肝に銘じる。ラジオの生放送では、ずっこけ方にも作法があることを、昇太は学んだのだった。ひとつひとつが勉強だ。

「ちょ……なんでそんなに、マイクぶっ壊しそうな勢いで驚いてんの？」

「いや、だって今夜も、駅前のテーブルでコーヒーを飲んでる僕をアンジェリカさんが見つけて、番組が始まる直前に、無理矢理ラジオ局に引きずり込んだんじゃないですか⁉」

これは実際、その通りだった。

ひと月前の夜と同じく、就職面接試験に落ちた昇太が駅前広場でコーヒーを飲んで黄昏（たそが）れていたら、いきなりアンジェリカが「よ、久しぶり！」と後ろから声をかけ、「今夜も番組に出よっか？　いいよね？　さあ出よう、出よう！」と、有無（うむ）を言わせず昇太をスタジオに連れ込んだのだった。

「ちょっと待ってよ！　今夜もあたしがサケちゃんを無理矢理引きずり込んだなんて、なにそれ？　超、人聞きの悪い！　誤解を生む発言だわっ！」

青い長髪の少女は傷ついたように言った。

「あたしはサケちゃんのスーツをガシッと掴んで、超グイグイ引っ張りながら、ラジオ局に迎え入れただけだよ」

「それを『無理矢理引きずり込んだ』と言うんです！」

「え？　でもサケちゃん、あたしの後ろからめっちゃ勢いよく自分で入ってきたじゃん？」

「スーツが破れそうだったから、慌ててついて行ったんです！」

「あの時のサケちゃん、超必死な感じで、イイ顔してた！」

アンジェリカが噴き出した。

「ひど過ぎ！」

「……今更だけど、ごめんなさい！」

一転、憤慨する昇太に少女が両手を合わせ、頭を下げた。

「強引なことしちゃったけど、あたしどうしても、もう一度サケちゃんと番組をしたかったの。ひと月前、あたしたち、なんか超イイ感じのトークが出来たじゃない？　だからあの夜の一回きりじゃ、もったいないなって思ったの。お願いです！　滅多に謝らないあたしに免じて、どうか許してあげてください！」

一転して表情を曇らせ、素直に謝る――若干おふざけが混ざっている気もするけれど――そんなアンジェリカに、昇太はドギマギした。

「あ、いや。まあ……そんな、別にそこまで謝らなくても……スーツも破れなかったし」

「許してくれる？　もう怒ってない？」

「怒ってないです」

上目遣いの彼女を見ながら、アイドルの写真が上から撮影したアングルが多いのも頷けるよなぁ――などと、余計なことを考えたりもするのだった。

「良かった、サケちゃんが機嫌直してくれて！」

アンジェリカの顔が、ぱあっと明るくなった。

魅力的な表情だなあ、と昇太は素直に思った。花音とは少しタイプが違うが、アンジェリカにも、エンターテイナーとしての大きな素質を感じる。

そして、自分には無い才能だ……と、しみじみ思ってしまうのだ。

「さて、サケちゃんの機嫌が良くなったところで、ラジオをお聴きの皆さん。そして、たまたま駅前広場にいたら番組が始まって戸惑っている皆さん、ここで重大発表があります！」

すかさずドラムロールが流れ出した。

どうやら、アンジェリカと番組ディレクターの蓮池陽一との間では、打ち合わせ済みのようだ。

――重大発表？

一体なんだろうか。

ドラムロールが途切れ、副調整室の陽一が、差し出した右手を優しく下ろした。

喋り出しのキューサインだ。

「発表します！　ラジオネーム・サケ茶漬けさん。あなたを、この番組『ミッドナイト☆レディオステーション・イン・ＳＡＧＡ！』の正式なパーソナリティーに任命します！」

ファンファーレと拍手のサウンドエフェクトが盛大に流れる。

アンジェリカも手を叩きながら、上気した顔で言った。

「サケちゃん！　おめでとう！」

「はあっ⁉」

昇太は顎が外れんばかりに驚いた。

以前、花音と「〝顎が外れんばかり〟などという比喩表現は、ちょっと大袈裟に過ぎるのではないか？　そんな人見たことない」と意気投合したことがあるけれど
――あながちそうでもなかったなあ、いざとなると本当にそうなっちゃうのだなあ、と頭の片隅で考えたりもした。

「そんな話、聞いてないよっ⁉」

「まあまあ落ち着きなよ」

唖然とする昇太の肩を抱いて、アンジェリカが言った。蛍光色のジャンパーが、乾いた音を立てる。彼女の腕は、陽一の冷たい手と違って温かかった。

「どうせまだ就職も決まってないんだしさあ。ヒマでしょ？」

痛いところを突かれた。

「いや、それはほっといてください！　ていうか、決まってないから、就職活動が

忙しいんですっ！」

「でもこの番組『ミッドナイト☆レディオステーション・イン・SAGA』は、不定期で月イチ程度の超お気楽な深夜番組だし。大丈夫だよ、平気平気！　モーマンタイ、モーマンタイ！」

左手で昇太の肩をぽんぽんと叩く。

「いや僕、ズブの素人ですよ!?　お喋り、マジでズブズブですよ？　それに大事な番組のパーソナリティーを、そんな簡単に決めちゃっていいんですか!?」

隣のサブを見たら、ディレクターの陽一は楽しそうに笑っている。共犯者の笑いだ。

——この人、番組の演出は全部アンジェリカに任せているって、こないだ言ってたっけ……。

そのアンジェが、泣き出しそうな顔で「ううう」と呻いた。

「そんな。簡単に決めただなんて、ひどいよ……。せっかくあたしが、熟考に熟考を重ねて……」

そのくだりは、ひと月前の放送で聞いている。

「絶対嘘だっ！　思いつきでしょ!?」

昇太が大きな声で突っ込むと、アンジェは右手の親指を「びしっ」と立てた。

「それそれ！　そのツッコミだよ、サケちゃん。それが欲しかったの！　超合格！」

「いや、超合格って……」

少女が再び大声で「あはは」と笑うと、いきなり天井の照明が消えた。

「て、停電⁉」

しかし周囲を見回すと、手元のマイクスイッチは光っているし、モニターも放送データを映し出している。スタジオサブの天井灯も消灯しているが、放送機器類は、ＬＥＤランプを明滅させながら作動しているようだ。

窓の外はというと、駅周辺の照明や街灯は消えずに点いている。

どうやら消えてしまったのは、スタジオとサブの天井だけのようである。

「だいじょぶ、だいじょぶ。この番組はね、本番中に停電して天井灯が落ちることって、よくあんのよ」

「え？　よくあるんですか？」

「そ」

「はあ」

アンジェリカは「よくある」などと軽く言ってるけれど、放送局がそれでいいのだろうか。

「大丈夫だよ。実は消えたのは照明だけで、放送は途切れてないから」

「そうなんですか？」

「そうだよ。だから、お喋りの続きするよ？」

昇太が返事をしようとした瞬間、「にゃあ」と、スタジオの隅から猫の声がした。

「猫っ⁉」

昇太は仰天（ぎょうてん）して、椅子から少し跳び上がった。

「猫だねえ」と、アンジェリカが笑いを噛み殺した声で言った。猫が鳴いた辺りは全くの暗闇で、何も見えない。

「スタジオに猫なんていましたっけ⁉」

「スタジオに猫なんかいないよ」

「じゃあなんで……」と言いかけたところで、もう一度「にゃあ」と高い声が聞こえ、昇太は背中に冷や汗をかいた。

「やっぱり猫？　全然見えないけど……」

「黒猫なんじゃない？　闇のように黒い、いや、むしろ闇そのもの」

「なにそれ、怖いんですけど」

「まあ、ただの心霊現象だよ。よくあるんだ」

「心霊現象⁉」

——よくある？

——なに言ってんの？

——なにかの冗談？

——それともひっかけ？

——そういえば、佐賀は『化け猫騒動』が昔から有名だけど……。

昇太が混乱していると、今度は天井の一角から、カタカタと機械が震えるような音が聞こえてきた。

——この音って……？

昔、どこかで聞いたことがあるような気がする。

そうだ、子どもの頃に家にあった、ファックスの音だ——と昇太が思い出したのと同時に、天井から白い紙が舞いながら落ちてきた。紙全体が仄(ほの)かに青白く光っている。

アンジェリカは驚く様子も無く、光る紙を空中で器用にキャッチした。彼女が手にしたのはA４サイズのコピー用紙だった。

「ええっ⁉」

「あら、やっぱ驚いた？」

少女が手にした紙が青白い光を放っているので、きょとんとした表情がぼんやりと浮かび上がった。

「いや、だって今、天井からファックスみたいな音がして、実際に紙が落ちてきましたよね⁉　なんかその紙、うっすら光ってるし！」

「まあそりゃ、ぎょっとするよねえ。一年前、あたしが初めて見たときもそうだったしね」

　アンジェリカは頷きながら言った。

「そんなに驚かなくていいよ。ちょっとした霊的現象だから」

「これも？」

　啞然としている昇太に、アンジェは平然と返した。

「よくあることだよ」

「よくある⁉　僕、天井からファックスの紙が落ちてくるの、生まれて初めて見ましたけど！」

「これはね、幽霊リスナーさんからのファックスなの。たまにこうやって届くよ」

「は……？」

　――幽霊リスナーからのファックス？

　何を言っているのだろう。

　昇太はアンジェリカの表情を読み取ろうと、まじまじと見つめた。

しかし彼女の顔つきは真面目そのものであり、コピー用紙には、確かに何か文字が印刷されているようだった。

——冗談でもひっかけでもなければ、何かの演出なのかな？

——今度こそドッキリ？？

——それとも、まさか……ホントに心霊現象？？？

いや、そんなバカなと思っていると、もう一度猫の声が聞こえた。今度は昇太の足元で鳴いたので、反射的に足を引っ込め、思い切り机を蹴ってしまった。

「ちょっとサケちゃん、うるさいよ」

「す、すみません！　でも猫が……」

「幽霊の猫なんて無害だから、大丈夫よ」

「やっぱ猫も幽霊なんですか⁉」

「そりゃ幽霊でしょ。本物の猫なんかスタジオにいないんだから」

何を今更当たり前のことを、という雰囲気を滲ませつつ、少女は呆れ顔で言った。

「じゃあ、今夜最初のメッセージです！」

「読むの⁉」

「メッセージだもん、読むよ」

「だって、そんな怪しいものを……」

「あのね」

アンジェリカはたしなめるような声のトーンで、昇太の言葉を遮った。

「幽霊だろうがなんだろうが、この番組のリスナーであることに変わりないでしょ？　せっかくメッセージを送ってくれたんだから、生きている人間と分け隔てなく変わりなく読んであげるのが、この番組のポリシーなの。分かった？　アー・ユー・オーケイ？」

――いや、それはなんか、正しいことを言っているようで、僕の言いたいこととは、論点がずれている気がするんですけど……

目を白黒させている昇太をしり目に、少女は暗闇に光るファックス用紙を両手で持った。

『アンジェリカさん、サケ茶漬けさん、こんばんは。僕はラジオネーム・通りすがりの浮遊霊です』

――本当にメッセージが書いてある!?

――マジで、幽霊から届いたメッセージなのか？

――いやそんな、まさか……

花音を亡くして以来、どれだけ探し求めても、幽霊や死後の世界の手掛かりを見つけることなど出来なかった。

「幽霊など実在しないのか」「花音とは二度と会うことが出来ないのか」と思いつめ、諦めの日々を過ごしていた。

　それなのに今、確かに目の前で、いとも簡単に不可思議な現象が連続して起こっている。これを一体、どう理解すればよいというのか。

　スタジオ右側の副調整室(サブ)にいる番組ディレクター、蓮池陽一の表情は暗くて見えない。

　ここはぜひとも彼の考えを聞き、指示を仰(あお)ぎたい状況だが……何も言わずに黙っているということは、いつも通りこの場の成り行きをメインパーソナリティーのアンジェリカに任せている、ということなのだろう。陽一が彼女に寄せる信頼はとても大きい。

　——ていうか陽一さんは、どこに行ってしまうか着地点の分からないアンジェリカさんのトークを、無責任に愉しんでいるフシもあるけれど。

　それに彼はひと月前、

「いいかい昇太くん。レールに乗っかったままの喋りなんかつまらない。予定調和のトークは、エンターテインメントなんかじゃない。少なくとも、僕の番組では願い下げだ。元来ラジオは自由なメディアなんだから、番組作りもラジカルじゃないとね。深夜番組ともなれば、尚更だ」と言っていた。

にもかかわらず、今夜は本番前にアンジェに頼み込み、『段取り通りの』ぎくしゃくとしたオープニングトークをしてしまったのだが。

陽一のラジオ制作観を思い返せば、きっと「霊現象だって？　面白いじゃないか、大歓迎だよ！　幽霊諸君、さあどんどんやってくれたまえ！」などと言い出すのは間違いないところだ。

今夜は停電に続いて、いる筈のない猫の声に、天井から降ってきた謎のメッセージと、怪奇現象が目白押しである。さぞかし陽一は、サブで喜んでいることだろう。きっと拍手もしているに違いない。

――これは本当に現実なんだろうか、と改めて昇太は思った。

すべてが自分の目の前で起こったことではあるが、極めて非現実感が強い。

ひと月前に初めてオンエアに出た時、陽一は「真夜中の魔法」と口にしたが、まさに今、魔法にかけられたような心持ちだった。

あれよあれよと怪現象が立て続けに起こり、息つく間もないほどである。

しかしそのおかげなのかどうか、実のところ、恐怖心はさほどでもなかった。魔法に翻弄され、戸惑っている一方で、意外なほど客観的な目で事態を観察している自分も意識していた。

まるで自分の精神が、ふたつに分かれてしまったかのようだ。

――なんだろう、この不思議な感覚……。

今までに経験したことが無い心理状態だ。

暗闇の中、右隣では謎のファックス用紙を手にしたアンジェリカが、天井から落ちてきた文面を読み上げている。

――それにしても『通りすがりの浮遊霊』ってラジオネーム、マジでブラックジョーク過ぎるんじゃ……。

本当（？）にしろ冗談にしろ、悪ふざけが過ぎる気がするなあ――とひとり考える昇太であった。

「ちょっとサケちゃん」

少女はファックス用紙から顔を上げて、物思いに耽る昇太を見た。

「はい？」

「ちゃんと返事しなさいよ」

「え？」

「通りすがりの浮遊霊さんが『こんばんは』って挨拶してるでしょ？　ちゃんと返事しなきゃ、失礼でしょうが」

「あ……」

「ほら、こんばんは」

「こ、こんばんは……」

――幽霊からのメッセージに返事って、めっちゃめちゃシュールなんですけど
……。

　昇太の返事を受け、アンジェリカは、もう一度同じところからメッセージを読み始める。

『僕はラジオネーム・通りすがりの浮遊霊です。この番組は、アンジェリカさんがデビューした頃から聴いています！』

「おおっ！　たまにしか放送してない番組なのにずっと聴いてくれてるなんて、超凄いね！　応援ありがとう！　それにあたしのデビューからっていうことは、去年の春から一年くらい聴いてくれてるってことでしょ？　超嬉しいなあ」

　こんなときでも、彼女のメッセージ紹介は上手いと昇太は思う。聴いているだけで、文面と自分のコメントとの境目が、はっきりと分かる。簡単なことのようで、これが意外と難しいのだ。

『僕は友人のおかげで、もうずいぶん前に成仏（じょうぶつ）したんですけど、現世をぶらつくのが好きなもので、こうやってよく徘徊（はいかい）してます！』

「へー、そうなんだ。じゃあ浮遊霊じゃなくて、徘徊霊だね！」

──なんか上手いこと言ってるような、そうでもないような……

「ちょっとサケちゃん！」

再びアンジェが責めるような目で昇太を見ている。

「今度はなんでしょう⁉」

「そんな、なんか言いたそうな顔して黙ってないで、はっきり言いなさいよ。ラジオなんだから、黙ってちゃ分かんないでしょ？」

それは確かに彼女の言う通りだ。

「は……はい！　そ、そうですね。そうします！」

こうなったらもう、やけくそである。

「いやその、このメッセージの人が、万が一本物の幽霊だとしてですよ？　天国とこの世って、そんな簡単に、行ったり来たり出来るもんなんですかねえ？」

「いやいやいや」

アンジェが大きく首を横に振った。

「違うよサケちゃん。天国じゃなくて、地獄かもしれないじゃん」

「そこ突っ込む⁉」

また足下で猫が「にゃあ」と鳴き、昇太の呼吸が止まった。

「サケちゃん、〝幽霊猫〟に気に入られたんじゃないの？」

「いや、懐かれなくていいですから！　ていうか、嬉しそうに言わないでくださ
い！」
「メッセージの続き読むよ？」
「どうぞ！」
『現世に遊びに行くときは、猫のニャンタも連れていきます。僕ら、一緒に死んだ
んですけど、死んでからも仲良しなんです。ペットっていうか、同志みたいなもん
かな。ニャンタ、めっちゃ可愛いんですよ。人懐っこくて、誰からも可愛がられる
タイプです』
――え。じゃあ、もしや……。
「サケちゃん。ひょっとして、さっきからスタジオでニャアニャア聞こえるのっ
て、ニャンタが鳴いてるのかな⁉」
アンジェリカも同じことを考えていた。
「ひょっとしなくても、そういう話の流れですよね……」
「なんかワクワクするね！」
「そうですか⁉」
引きつった顔の昇太に、少女は「うんうん」と頷いた。
「だってあたしも猫好きだしさ！　知ってる？　猫好きに悪い人はいないんだから

ね。きっと幽霊もそうだよ」

アンジェリカは思い切りドヤ顔をして見せた。

「幽霊猫のニャンタも絶対可愛いと思うよ、声も可愛いし。まあ、見えないけど」

僕は生きてる猫が好きです――と昇太は思うのだった。

『ところで、アンジェリカさんのラジオは、霊界でもよく聴こえます』

「あ、霊界なのね。ていうか、天国と地獄と霊界の違いってなんなのかな、よく分かんないけど。ええと、メッセージの続きは、続きは……」

『僕はラジオを持ってないんですけど、この番組は、空から音が降ってくるような感じで聴こえてくるんです』

「へええ。空から音が降ってくるって、素敵な表現！　徘徊霊さんは、なかなか詩人だねえ」

少女が心の底から感じ入ったように頷く。

昇太は「詩人じゃなくて、死人ですけどね！」と突っ込もうと思ったが、何となく不謹慎な気がして止めた。三秒後に「やっぱ言えば良かったかな」と後悔したが、時すでに遅し。気の利いたトークには瞬発力が必要で、生放送では、逡巡は禁物なのだ。

逆に、練りに練ったネタは大抵空振りしてしまうものだし、その最たる例が今夜のぎこちないオープニングトークである。

　そもそも着地点が定まった『予定調和』なトークは、ディレクター陽一が本来、最も嫌うところだった。

　――ていうか俺、こんなオカルト現象の真っ最中に、トークのテクニックを考えているなんて、ちょっと異常な心理状態なのかも――と考えるのは、昇太の中の冷静な部分だった。

『という訳で最後になりますが、結構、幽霊でこの番組聴いてる人って多いと思いますよ。生きてる人の間でも、人気出るといいですね！』

　まるで合いの手のように、猫の声が暗闇から「にゃあ」と聞こえた。

「ほっとけ！」と、アンジェがすかさず突っ込んだ。

「徘徊霊さんに言われなくたって、この番組のリスナーのおよそ八割は、生きてる人なんだからね！」

「残りの二割は幽霊かいっ⁉」

　今度は我慢できずに突っ込んでしまったが、アンジェリカは腹を抱えて笑った。

「それそれ！　サケちゃんの、その電撃ツッコミを待ってたんだよ！　迷ったらダメなの。深夜ラジオなんだし、言ったもん勝ちだよ！」

　彼女は、初心者ＤＪの心理は何でもお見通しのようだ。笑いながら机を叩くと同時に、スタジオの明かりが点灯した。

「あ、点いた！」

「そうそう、こんな感じ。幽霊さんからのメッセージって、いつも読み終わったら電気が点くんだよ。それが証拠なの」

「いやそれ証拠っていうか、むしろ証拠だとしたら、自ら証拠隠滅しちゃってるじゃないですか⁉」

「イエス！　ナイスツッコミ！」

アンジェリカが右手の親指を立てた。サムズアップも彼女が好きなポーズだ。

「いやいや、それはさておきですよ……」と、昇太は頭の上に手をかざしながら天井を仰いだ。

数分ぶりの照明はやけに眩しく感じるが、天井の隅々までなにか仕掛けがないか探してみる。

「ないない！　種も仕掛けもどこにも無いよ。心霊現象だから」

昇太の視線に気づいたアンジェリカも、天井を見上げた。

「はあ……」

本当に霊的な現象なのだろうか。少女の妙にあっけらかんとした態度も気になるのだけれど。人は幽霊に出会ったら、もう少し怖がるものではないのか。

「アンジェリカさんは怖くないんですか？」

「正体が分からないから怖いんであって、正体が分かってたら、幽霊だろうが妖怪だろうが怖くないよ」

　正体が幽霊であることは、恐怖の対象にはならないのだろうか。

「そういうもんでしょうか……」

「そういうもんだよ」

　アンジェリカは大きく頷いた。

「でもさあ。電気が点いて明るいのはいいけど、ちょっと眩し過ぎるよね。ま、さすがは発明王エジソンの輝きってことだね！」

「いや、厳密に言うと、エジソンが発明したのは白熱電球で、スタジオの天井はLEDですから違いますよ」

　昇太は、エジソンに関しては花音から色々と吹き込まれているので、間違いは訂正せずにいられないのだった。

　少女は「サケちゃんは理屈っぽくて細かいなあ」と言いつつ、手を叩いて喜んでいる。

　性格や喋りのテンポ的に、アンジェリカはツッコミ役かと思っていたが、どうやらボケに回って突っ込んでもらうのが好きなタイプのようだ。

「ていうか……」

手を叩く少女を見ていた昇太が、はっとした顔つきになり、次に「ええっ⁉」と驚いて立ち上がった。

「なになに？　どうしたの」

「メッセージが消えてる……⁉」

さっきまでアンジェリカが両手で持っていたファックス用紙が、いつの間にか無くなっていた。机の上にも、足下の床にも見当たらない。

「アンジェさん、さっきのメッセージは……」

少女は「ああ」と頷きながら、「幽霊さんからのメッセージって、読み終わるといつも消えるのよ。一体どこに行っちゃったんだろうね？」と、事も無げに言った。

「消え……」

証拠隠滅、ここに極まれりだ。

「謎のメッセージは、闇に現れ、闇とともに消えるのである……」

低い声色(こわいろ)を作って、アンジェが言う。

「いや、そんな。時代劇の忍者か、ラノベのダークヒーロー的な」

「ラノベも忍者も関係ないけど、まあそんな感じだね！　でもなんかカッコ良くない？」

　少女はあくまであっけらかんとしている。

「明る過ぎる！」

「天井、眩しいよね」

「あんたの性格だよ！」

　少女が噴き出すと、陽一がトーク・バックで『そろそろ音楽行くよ』と指示を出した。

「ではでは、通りすがりの徘徊霊さんのリクエストにお応えしましょう」

「お応えするんかい⁉」

「そりゃするでしょ」

　アンジェがもう一度、ドヤ顔で頷く。

「幽霊だろうがなんだろうが、リスナーだもん」

　あくまで番組のポリシーを貫（つらぬ）くということか。

「メッセージには、ザ・フォーク・クルセダーズの『おらは死んじまっただ』って最後に書いてあったけど、ディレクターさん、出せます？」

「生放送中に打ち合わせしてるし⁉　ていうか、ラジオネームだけじゃなくて、選曲も自虐的（じぎゃくてき）過ぎる！」

「サケちゃん、さっきからナイス突っ込みの連続だね！」

サブの陽一がOKサインを出しつつ、トーク・バックで喋る。

『曲のタイトルは、正確には「帰って来たヨッパライ」だよ。訂正して』

アンジェリカは軽く頷いた。

「では、音楽の準備が出来たので、お送りしましょう。ところでタイトルは『おらは死んじまっただ』じゃなくて、正しくは『帰って来たヨッパライ』だそうですよ。あたしもいま知りました！　ではでは。曲の後、二分間のコマーシャルを挟んで、またお会いしましょうね。約束だよ！」

音楽が始まり、陽一が拍手をしながらスタジオに入ってきた。

「いやあ、面白かった。今夜は予想出来ない展開の連続で、最高だね！」

陽一は昇太の予想通り、大喜びだった。

「予想出来なさ過ぎですよ……」

昇太はうんざりした顔を隠さずに返した。

「あの……今のって、本当に心霊現象なんですか？」

「だって君も見ただろ？　昇太くん」

「いやそれは見ましたけど、でも」

「見たのに、信じられない？」

「はあ」

煌々と照明が輝く中で話していると、ますます、さっきまでの出来事は全て「嘘」あるいは「気のせい」だったのではないかと思えてしまう。

「まあ、気持ちは分からないでもない。でもこの世って、実は不思議な出来事に満ち溢れているんだけどね」

「……そうでしょうか？」

昇太が探そうとしたときは、何ひとつ見つけることは出来なかったけれど。

「うん。ただ、心のチューニングが、つまり周波数が合わないと出会うことは出来ない」

「心のチューニング？」

「幽霊もラジオも同じじってことさ」

昇太は、エジソンが最後に発明しようとしたという霊界ラジオを思い出した。

「実際、幽霊なんて割と身近にいるもんだよ」

陽一がお得意のウインクをすると、何故かアンジェリカが声を出して笑った。

「でも、こないだラジオに出演させて頂いたときは、不思議なことなんか、何も起こらなかったのに……」

「そうかな」と陽一が微笑んだ。

「ひょっとして、君が気づかなかっただけなんじゃないか？　あるいは無意識のうちに、気づかないフリをしていたのかもしれないね」

「僕が……自分で？」

先月のことを思い返そうとして、昇太は、はたと気づいた。

「ていうかさっきの、問題ないんですか？」

「なんで？」

陽一とアンジェリカが同時に聞いた。傾げた首の角度まで同じだ。

――このふたり、気が合い過ぎる……

「いや、なんでって……電気が消えたり、猫の声が急に入ったり、これって放送事故とかじゃないんですか？」

「あー。大丈夫だよ。放送は途切れてないし、ラジオを聴いてる人の大半は、心霊現象なんか信じてないから」

「そうそう。なんかみんな、番組の演出と勘違いして、面白がってるみたい。さっきのニャンタの声も、効果音としか思わないんじゃゃん？」

「そんな……」

ふたりと会話していて絶句するのは、何回目だろうか。

「そうだ！　スタジオの外で見てる人たちは？　あの人たちは不安に思ってるんじ

ゃないですか⁉」

「どうかなあ、そうでもないんじゃないの？」とアンジェ。

「外をごらんよ。怖がってるように見えるかい？」と陽一。

昇太が窓の外を見ると、リスナーたちは停電する前と特段変わらない感じで、スタジオの中を覗き込んでいた。目が合ったアンジェが、手を振ったりお辞儀をしたりしている。

「つまりね、窓の外の彼らも心霊現象のことなんか信じていないんだ」

「え……？」

アンジェリカがスタジオの外に笑顔を振りまきながら、

「まあ、夜は酔っ払いも多いし、アルコールのせいだと思っちゃう人もいるよね」

と答えた。

――なるほど。

「そして、酔っていなくても……」と陽一が続ける。

「おばけなんてないさ、と思い込んでいる人々は、たとえ目の前に本物の幽霊が出てきたって、絶対に信じやしないのさ。勝手に『気のせい』あるいは『番組の演出』と思い込んでしまう。

だからさっきみたいなことが起こっても、意外と驚かないし、全然平気なんだらいの反応だね」

よ。まあ、驚いたとしても、せいぜいマジシャンのテーブルマジックを見たときく

　確かにそういうものかもしれない――と昇太は思った。

人は『自分の見たいものしか見ない』、あるいは『見えていない』ということは

確かにあるような気がする。

　言い方を変えると、『自分にとって不都合なもの』や『理解出来ないもの』は、

『存在しなかったことにする』という心理だろうか。その方が余計なことを考えな

くて済むし、精神衛生上、楽だからだ。

　考えてみたら歴史だって、時の権力者や民衆にとって都合の良い筋書きに作り変

えられるというし。それも意外と、人間心理の延長線上にあることなのかもしれな

い。まあ、ちょっと飛躍し過ぎかもしれないけれど。

　それにしても、このラジオ局に以前から幽霊の噂があったのは、目撃者の中には

怪奇現象を信じた人々もそれなりにいた、ということなのだろう。

　陽一の言う通り、ひと月前のオンエアでも、実は不思議なことが起こっていたの

だろうか?

　美青年ディレクターは、少し謎めいた微笑みを浮かべながら昇太を見つめてい

る。

「それにね、昇太くん。そもそも、元々死んでる人たちなんかだと、幽霊を見たって驚く要素が無い訳だしね」

「だよねー」とアンジェが頷く。

――は？

陽一が、ものすごく気になることをサラリと話し、アンジェリカがすんなりと同意した。

「あの、元々死んでる人たちって……」

昇太が問いかけたところで、陽一がプログラムモニターを覗き込んだ。

「おっといけない。そろそろ曲が終わる。サブに戻ってU-TAKE（ユーテイク）ボタンを押さなきゃ、ホントに放送事故になっちゃうぞ」

彼は昇太とアンジェリカにウインクを残し、小走りで副調整室（サブ）に戻っていってしまった。

ちなみにU-TAKEというのは「アンタイム・テイク」の略で、「時間が決まっていない」という意味らしい。「U-TAKEボタンを押すと、あらかじめオーディオファイルにプログラムされたCMがスタートするの」と、昇太はアンジェリカに教えてもらった。

ほどなくして「帰って来たヨッパライ」が終わり、無事にコマーシャルが流れ始めた。

アンジェが目を丸くして「昔のヒット曲って短いのが多いから、マジでびっくりするよね！」などと言うので、昇太は「いや、びっくりするポイント、その前にいくつもあったでしょ⁉」と突っ込んだのだった。


一方、駅前広場で番組を見学していた新聞記者・賓田真純は、口を半開きにしたまま、椅子の上で固まっていた。

——今の、なに？

この数分の間に、目の前で次々と奇妙な出来事が起きた。

——いきなりスタジオの電気が消えたと思ったら、猫の声がして、天井から青白く光る紙が落ちてきて、メッセージを読み終わって電気が点いたら、その紙が消えた。

——なんなの？

真純は、真っ暗なスタジオの中を白い光球(こうきゅう)が飛び回るのも見た。かなり激しく飛び跳ねていたが、パーソナリティーたちは全く描写しなかった。あの光る球は見えていなかったのだろうか。

——ていうか、アレが見えてたら、絶対喋らずにはいられないよね。じゃあやっぱ、見えてなかったのか……。

ならば、どうして見えなかったのだろう。

――そういえばスタジオ前のギャラリーたちで、光の球を気にしてる人って、誰もいなかったなあ……。

――何らかの理由で、私だけにしか見えていなかったとか？

そんなことがあり得るのだろうか。

――さっき飲んだハイボールのせい？

いや、いくらアルコールに弱い自分でも、ハイボールたった一杯で幻覚や幻聴を起こしたことなんか一度も無い。

――番組上の演出？

確かに、天井の電気を気づかれないようにこっそり消すくらいのことは、割と簡単に出来るだろう。猫の声だって、あらかじめ効果音を用意しておけばよい。

――幽霊からのメッセージは？

文面自体は、事前に用意することが可能だ。あるいは、パーソナリティーがその場で『考案』することだって、不可能ではないだろう。

あの髪の青い子なら、それくらい器用にこなしてしまいそうでもある。

だが、しかし。

──じゃあ、天井から落ちてきたファックス用紙は？

スタジオの天井をよく見てみたけれど、それらしい仕掛けは全然見当たらなかった。あの不思議な光る紙は、確かに天井付近の空中から落ちてきた。自分は、紙が姿を現す瞬間をはっきりと見たのだ。

──あの飛び回る白い光球は？

もしもそうだとして、見えないフリをする理由が分からない。

真純は、このラジオ局にまつわる怪談めいた噂が、学生たちを中心に流行っていることを思い出した。

実は新聞社宛てにも、いくつかメールが送られてきていて、中には調査を依頼するような内容もあった。

──いや、でも、まさか……ねえ。

自分自身は幽霊やUFOなど、いわゆるオカルト的なことは全く信じていない。フィクションのネタとしては面白いと思うが、それはあくまで物語の中、作り物の世界の範疇だ。新聞記者の立場としても、事実を丹念に取材し積み重ねた調査報道、ノンフィクションにこそ価値があると考える。

とはいえ。

──たった今、何が何だか不思議なものを私が見てしまったのも、それはそれで事実なんだよね……。

見なかったことにする、あるいは「気のせい」と思い込むのは簡単だ。いや、むしろそれが常識的な態度に違いない。しかしその姿勢は、実はジャーナリストとしては間違っているのではないだろうか。

――真相を突き止める、謎解きをするのが、新聞記者の使命じゃないの？

そう考えると、ちょっとワクワクしてきた。

記事になるようなネタではないだろうが、日常の中に潜む疑問を調べ、解明することは記者にとっての基本であり、喜びでもあるのだ。

幸い明日のシフトは休みなので、今夜は帰りが遅くなっても大丈夫だ。深夜放送には、とことん付き合える立場である。

私も運がいいじゃん――と考えた後、「運がいい」などという非科学的な発想をしてしまった自分に、苦笑いをしてしまう。

――事実を積み重ねるジャーナリズム魂は、どこに行ったのかな？

ペロッと舌を出す。

なんだかんだ言って真純は、血液型や星占いなどが気になってしまうタイプである。神社に行けばおみくじを引くし、結果が悪ければ境内の木に結びつける。飼っていた猫の写真をスマホに貼っているのだって、お守り代わりのつもりなところもある。

またその一方、スポーツ取材の現場に身を置いていると、ゲン担ぎをしているアスリートが意外と多いことに気がつくのも、また事実である。その傾向はプロもアマチュアも全く変わらない。

いや、むしろ一流の選手ほど、占いの結果や縁起物、ちょっとしたジンクスを大切にしている人が多い印象もある。例えば、野球やサッカーなどのプロスポーツチームが神社を参拝するのは、正月のテレビでは見慣れた光景だ。

真純自身も、シューズを必ず左足から履くことに決めている長距離ランナーを取材したことがある。

その女性ランナーは「もうやるべきことは全部やってきたんで、あとはゲン担ぎくらいしか頼るものがないんですよ」と笑っていた。

初めて優勝したマラソン大会に出たとき、たまたま左足からシューズを履いたことが印象に残っていて、以来、いつもそうしているとのことだった。

極限まで身体を鍛え上げ、テクニックを磨いてきた自負があるからこそ、最後に「見えざるチカラ」をプラスして万全を期したい、さらには奇跡を起こしたい、という気持ちが生まれるということなのかもしれない。

——それにしても猫の声、可愛かったな。

真純は、鳴き声を思い返してにんまりと笑った。あの声は、恐らく仔猫だ。自分が飼っていた老猫のシロと違って、高く澄んだ声だった。シロは我が愛猫ながら、低くかすれた声で、まるで魔界の生き物のような鳴き方をした。お世辞にも可愛いとは言えない声だったが、それも含めて真純はシロを愛していた。

——猫好きに悪い人はいない、か。

女性パーソナリティーの言葉にはおおむね同意だ。

——ていうか、激しく同意。

きっとこの番組のディレクターも愛猫家だ。

幽霊なんて、あり得ない。でも、こんなおどろおどろしくも可愛くて楽しい演出をするラジオスタッフは、きっと素敵な人々に違いない。

コマーシャルタイムが終わり、「ミッドナイト☆レディオステーション♪」と番組ジングルが流れた。

ふたりのパーソナリティーがマイクのスイッチを同時に入れると、小さなプラスチック・プレートの『ON』の文字が赤く光る。

サブにいる蓮池陽一ディレクターが、かざした右手を優しく下ろす。喋り出しのキューサインだ。

「という訳で！」と清水アンジェリカ。

「どういう訳ですか⁉」と酒谷昇太。

「まあ、とりあえずはラジオネーム・通りすがりの浮遊霊さんのメッセージで、快調に幕を開けた今夜の当番組、という訳で」

「快調っていうか、急に真っ暗になったり、いる筈のない猫が鳴いたり、天井からファックスが落ちてきたりと、なかなか盛り沢山ではありましたが」

「ま、通常営業ですね」

「これが通常なの⁉」

「うむ」

「ゲロゲロ……」

「汚いなー」

「いや、これは心象（しんしょう）表現ですよ。ゲロであってゲロでないというか」

「じゃ、心が汚れてるのね」

「あんたに言われたくないっ！」

「あはは」

　怪現象で驚き過ぎたのが逆に功を奏したのか、昇太の肩の力が大分抜けているようだ。スタジオ前に集まったギャラリーは、皆、笑いながらふたりのトークを聴いている。

アンジェリカが机上のＡ４コピー用紙を手繰り寄せた。

「では続いてのメッセージです。さあ、今度はお待ちかね！　生きてる人間からのだよ！」

「その言い方やめて！」

昇太が突っ込んだところで、再び天井の照明が消えた。

「また電気が消えて、真っ暗闇に……」と昇太が息のような声で呟くと、天井からカタカタカタとプラスチックが震えるような音が聞こえてきた。

「え。まさか……⁉」

そのまさかだった。コマーシャル前と同じように、青白く光る紙が天井から舞い降りてくる。

「霊界からのファックスがまた来ましたよ、と」

アンジェリカが手を伸ばし、器用に頭上で空中キャッチする。

「紙つかむの、上手いですね」

「もう慣れてるし」

「ええ……」

慣れるものなのだろうか？

「でもこの時間に、幽霊さんからのメッセージが、もう二通目かあ。今夜はペースが早いね。こないだは番組が終わってから、ながーい感想メールが一通だけ届いたけど」

「え？」

　またしても気になる発言だ。

「こないだって、僕が出演したひと月前も、謎のファックスが来たんですか？」

「うん、サケちゃんが帰った後すぐ、天井から落ちてきたよ」

「知らなかった……」

「まあ、このファックスは来るときと来ないときがあるしね」

　昇太は複雑な思いで、アンジェリカの手元のコピー用紙を見つめた。

「ちなみにこの間のファックスには、どんな感想が書いてあったんでしょうか？」

　そこは聞いておきたい。

「え？　さあ、どうだったか……もう忘れたかな？　ま、いいじゃん！」

　彼女は何故か、少し誤魔化(ごまか)すような口調で言った。さっぱりした性格に似合わない歯切れの悪さが少々気になる。

　だが、一か月も前に読んだメッセージの内容を覚えていないだけなのかもしれないし、ただ単に昇太をからかっていただけの可能性もある。

「んじゃ、いま届いた新しい霊界ファックス読むよ」

「はい。もはや止めません」

昇太は観念した気持ちになった。

「届きたてほやほや、新鮮なメッセージです。死んだ人が書いてるけど」

「やめなさいって」

「あはは」

「この暗闇の中で、よくそんな冗談言えるよねっ⁉」

本音のツッコミだ。

「では、サケちゃん」

アンジェリカが真面目なトーンの声で切り出した。

「はい」

「これ以降は、メッセージをちゃんと読みます」

「お願いします……」

アンジェリカは、ぼうっと青白く光るＡ４コピー用紙を両手に持った。

淡い光が少女の顔を浮かび上がらせる。深海で夜光虫が光っているような、一種、幻想的な美しさである。

『アンジェリカさん、サケ茶漬けさん、こんばんは』

「こんばんは」と、今度は昇太も返事をした。

『僕はラジオネーム・通りすがりの浮遊霊改め、徘徊霊です』

「あら。さっきのトークをすかさず取り入れて、二通目を書いたのね？　グッジョブ！　フットワーク軽くていいじゃん」

「確かに」と昇太も同意した。

「ま、幽霊だから足があるかどうか分かんないけど」

「不謹慎にも程がある……」

——冗談を言い過ぎて幽霊に恨まれたり、とり憑かれたりすることはないんだろうか？

そう気がつくと昇太は冷や汗が出る思いだったが、当の少女には、悪びれた様子など全く無いのだった。

『先ほどはメッセージを読んで頂き、誠にありがとうございました』

「いえいえこちらこそ……」と、昇太。

『さて、いったんニャンタと帰ろうかと思った僕が、こうして追加のメッセージを書いていることには、ちゃんとした理由があります』

——なんだろう？

その時「みゃあああん」とスタジオの隅で猫が鳴き、昇太は心臓が凍り付くかと思った。先程とは違う声だ。人間で言うと、さっきの猫は高いソプラノで、今度の声は低いアルトである。

喩（たと）えると、真夜中の怪しい場面——寂（さび）れた洋館や荒れた墓場で聞くのに相応（ふさわ）しいような、『呪われた感』のある声だった。

「みゃあああああん」

——猫幽霊の真打ち登場って感じ……。

「ひっ」

今度は足下で鳴いた。

「みゃああああん」

次は背中側。さっきの猫よりも鳴く頻度（ひんど）が高い。どんどん場所が変わるのは、スタジオ内を歩き回っているということだろうか。

——ちょ、マジで怖いんですけど……。

「みゃあああああん……」

アンジェリカはというと、猫の声に動じた様子は全くなく、落ち着いてメッセージを読み進める。

さて、ラジオネーム・通りすがりの浮遊霊改め徘徊霊が、二通目のメッセージを書いた理由とは——。

『帰り際、スタジオの近くで幽霊猫を見かけたんです。幽霊の猫なんて、別に珍しくもないんですが、まあ、僕が幽霊なだけに霊感が働いたっていうか……何となく気になったんで、霊界に帰るついでに連れていこうと思ったんです。

そしたらその子が、なんか様子がおかしい。

うーんとですねえ。

その猫の言ってることが、普通の幽霊猫とはなんか違うなあ、と気づいたんです。

あ、人間も猫もね、お互い死んじゃうと、相手の思うことがなんとなく分かるようになるんですよ』

「へええ。そうなんだ。なんとなく通じ合えるなんて、うらやましいな。あたしも早く猫ちゃんたちと通じ合いたい！　何故なら猫が大好きだから！　でもでも、まだしばらくは死なないで生きていたいし……それにしても徘徊霊さん、猫ちゃんの考えてることが分かるなんて超凄いねっ！　やっぱうらやましい！」

アンジェリカは本気で感心しているけれど、仮に猫が考えてることが分かったとしても、そう大したことは考えていないのではないだろうか――と昇太は思った。

というのも、花音の家でも生前猫を飼っていたが、昇太が観察している限り、その猫の行動パターンは「寝ているか」「乾燥キャットフード（カリカリ）を食べているか」のふたつしかなかった。

あの様子だと、きっと頭の中で考えていることも、「眠い」か「カリカリ食べたい」の二択しかないに違いない。

他の猫だって多かれ少なかれ、似たようなものではなかろうか。

――そんなのと通じ合っても、意味ないんじゃ……。

あまり深みがないような気がする。

「知ってる？　猫ちゃんってさ、人間が持ってる感情は全部持ってるんだって」

それは初耳だ。

「感情って、例えばどんな？」

「全部だよ。嬉しい、悲しい、楽しい、それから、嫉妬（しっと）したり、恨んだりすることもあるんだって。ホント、猫ちゃんは人間と一緒で超凄いよね。パーフェクトな愛すべき隣人（りんじん）だよ。ちなみに犬もそうなんだって」

「猫は『ちゃん』づけで、犬は呼び捨て⁉」

「そこ突っ込むかあ。でもあたし、推（お）しは猫ちゃんだから！」と、少女はドヤ顔で返した。

まあ、それはともかくとして。

「猫や犬も、本当に人間と同じ感情を持ってるんですか？」

「そうだよ。そんなん、飼ってみたらすぐ分かるよ。何事も経験だよ」

それは確かにその通りだ。花音も「人は経験したことしか喋れないんだから、私、大学時代は色んなことに挑戦したいの！」とよく言っていた。

——付き合い始めてからは俺の部屋に入りびたりで、いつもコタツでごろごろしてたけど。

花音自身が猫のようでもあった。

「そうだ。うち猫ちゃん六匹いるから、一匹貸し出そうか？　一日三千円で」

「六匹も！　ていうか、レンタル猫⁉　しかも微妙に高い！」

アンジェは顔をしかめた。

「あたしの大事な猫ちゃんを預かりたいって懇願するんだから、それくらい安いもんでしょ？　どうせなら六匹預かりなさいよ。一万八千円だからね」

「猫を預かりたいって懇願してないから！　ていうか、高っ！」

「ちゃんとカリカリあげるときは計量して、歯磨きして、ブラッシングして、トイレも掃除して、たまに遊んであげて、爪も切ってあげるのよ、六匹分」

「猫飼うの面倒くさっ！　しかも六匹分⁉」

「しょうがないでしょ、生きてるんだから。それが生命を預かるってことなのよ。この度は勉強代、一万八千円ありがとうございます」

「もっともらしいこと言いながら、金儲(もう)けに走るな！」

「あはは」

笑って誤魔化している。

「まあでも、やっぱ生き物を飼うのは大変ですよねえ」と昇太はしみじみ言った。

正体不明の猫が「みゃあああああん」とタイミングよく鳴いたが、昇太もそろそろ慣れて怖くなくなってきた。

「あたしは大変とは思ってないけど、簡単ではないよね。だからサケちゃん、生半(なまはん)可(か)な気持ちで猫を飼いたいなんて言っちゃダメだよ。めっ！」

「言ってないんですけど。ていうか、生き物飼うのは面倒っぽいから、やっぱ飼いません」

「そんなあなたにおススメなのが、幽霊猫ちゃん！　餌もトイレ掃除も要りません。無料で一匹いかが？」

「ないないない！」

手を振って否定する目の前で「みゃああああああんっ」と謎の猫が鳴き、昇太は椅子から転げ落ちそうになった。

「わ。大変だよ、サケちゃん！」

アンジェリカのただならぬ口調に、昇太の背筋が伸びた。

「どうしました⁉」

「まだメッセージ、半分くらいしか読んでない！」

脱力して机にもたれかかる昇太であった。ちなみに、マイクはちゃんと避けた。

「どうぞ続きを読んでください……」

『それで、この猫ちゃんを眺めていて、僕はあることに気がつきました。

この子は、単なる幽霊猫じゃない。まだ生きてるって。そう、この猫ちゃんは幽霊猫じゃなくて、生き霊（いきりょう）猫だったんです』

——生き霊猫？？？

初めて聞いた。

——生き霊って……このダミ声の猫、まだ生きてるってこと？

——猫の体から魂だけ抜け出して、このスタジオにいる？？

——いや、そんなことって。

だがしかし、人間の幽霊や生き霊がいるのならば、猫の生き霊だって存在してもおかしくないのかもしれない。

——いやいやいや。

昇太は心の中で自分に突っ込んだ。

そもそも人間の幽霊だって、実在するかどうか分からないっていうのに、猫の幽霊がいるのかどうか。

――あ。でも佐賀って、鍋島の『化け猫騒動』もあった土地柄だし、ひょっとして……？

昇太は頭の中で堂々(どうどう)巡りを繰り返した。

新聞記者の賓田真純は、佐賀駅南口広場でラジオを聴きながら「がっかり」していた。

もちろん幽霊なんて、これっぽっちも信じてはいない。

だけど、スピーカーから聞こえてきた猫の声は、実家で飼っていたシロとよく似ていた。いや、あまりにもそっくりだった。

愛猫の死に目に会えなかった飼い主としては、心の片隅では――もしもシロにもう一度会えるのなら、夢だって幽霊だって最早(もはや)なんだってかまわない、と思っていた。

今夜しわがれた鳴き声をラジオで聞いて、「もしやシロでは？」と思う気持ちは、正直止められなかったのだ。

だが、パーソナリティーに読まれた謎のメッセージによると、声の主は幽霊ではなく「生き霊」だとのことだった。

――じゃあ違うじゃん。

――生きてる猫なら、シロじゃないじゃん。

シロはもう死んで、天国にいるのだから。

天国のどこかにあるという、虹の橋のたもとにきっといるのだから。

――でも……あの『呪われた感』のある特徴的な鳴き声、絶対シロだと思ったんだけどなあ……。

飼い主の自分としては、シロの声は絶対に聞き間違えない自信があった。

しかし世の中には、よく似た声の猫がいるものだ。

――あの生き霊猫には一体どんな理由があって、肉体から霊体が抜け出してしまったのかしら？

「いやいやいや」

真純は慌てて首を横に振った。

――私ったら、深夜ラジオの演出にどこまで振り回されてんのよ……。

ＭＣの女の子がメッセージを読むのが上手過ぎるのか、それともまだアルコールが自分の頭に残っているのか、もしくはその両方なのか。

自分としたことが、完全に番組ディレクターの手玉に取られているのは確かだ。

いずれにしろ、もうちょっと冷静に番組を聴かなければ記者失格である。

——ま、なんか楽しいし。ちょっとくらい騙(だま)されてもいい感じだけどね。

スマホの裏に貼った愛猫シロの写真を眺めながら、真純は再びオンエアに耳をそばだてる。

スタジオの中のアンジェリカが、メッセージの続きを読み始めた。

『この猫ちゃんは、どうしても想いを伝えたい相手がいるようなんです。

どうやら、このラジオを聴いているリスナーさんのひとりへ。

だからきっと、何度も一生懸命鳴いて、呼び掛けると思います。

その想いがきっと届きますように……と祈りながら、僕はニャンタと帰ります。

アンジェリカさん、サケちゃん、そのうちまたお耳にかかりましょう。

猫ちゃんもまたね。俺たちの分まで長生きしろよ。さようなら』

メッセージを読み終わったとき、もう一度あの低い声が「にゃあああん」とひときわ大きく鳴いた。まるでメッセージにお礼を述べているかのように。

猫の声を合図にスタジオの照明が復旧し、南口駅前広場へ明るい光を投げかけるのだった。

真純は広場でラジオを聴きながら、ワクワクする気持ちを抑えきれなかった。

——面白い！

作り話には違いないだろうが、心憎い演出だ。少なくともラジオを聴いている猫好きは、全員が全員ハートを摑まれたことだろう。

――さあ。変化球好きの番組ディレクターさん。このメッセージのオチ、結末はどこに持っていくつもりなの？

きっとハートフルな、素敵な結末を用意してくれているに違いない。

その時、真純の足元を小さな影が横切った。

――なに？

体を折り曲げてテーブルの下を覗き込むと、黒い仔猫が自分を見上げている。シロとは真逆の黒い毛並みが美しく、街灯をつやつやと反射している。

佐賀駅周辺で猫を見るのはとても珍しい。首輪をしていないから、地域猫だろうか。

――まだ小さいな。やっと哺乳（ほにゅう）期間が終わったくらい？

生後一か月くらいだろうか。

茶色の瞳で、真純を真っすぐに見上げている。

――うわあ……この子、めっちゃ可愛いんだけど。

猫の写真集で、上目遣いの表情が多いのもよく分かる。特に仔猫が見上げる表情は、猫好きたちにとって破壊力抜群だ。

黒い仔猫は真純と目を合わせたまま、膝の上にぴょんと飛び乗ってきた。

――わわわわっ！

幸せな重みと温もりを膝に受け、彼女はまさに相好を崩した。

すると仔猫が「みゃあああああん」と、顔に似合わぬ低い声で鳴いた。

「え……」

――この、声……


「ねえサケちゃん、知ってる？」

「何をですか？」

「猫ちゃんたちはね、死んだら天国の虹の橋に行くんだけど」

「あ、その話は聞いたことがあります」

確かペットロスの飼い主たちの間で噂され、信じられている伝説のようなものだ。死んだ猫たちは、虹の橋のたもとで、とても幸せに暮らしているという。

「やがて生まれ変わって、元の飼い主に巡り会う子もいるんだって」

「へええ」

「もちろん毛皮は着替えちゃうから、見た目は前と変わっちゃうことも多いんだけどね。でも、人も猫も、お互い何となく分かるらしいよ」

「そうなんですか」

たとえ作り話だとしても、いい話だな——と昇太は思った。

ペットはやがて死んでしまう。大抵の場合は、飼い主よりも先に死んでしまうだろう。人間の方が猫よりも長生きなのだから、それはどうしたって仕方のないことなのだけれど——もしも、死んだ後にも行くところがあり、いつの日か生まれ変わって、もう一度大切な人に巡り会うことが出来るとしたら、とても素晴らしいことなのではないだろうか。

それが本当だとしたら、どんなにいいだろう——と昇太は考え、その話を自分自身に重ね合わせた。

——人も、死んだら終わりじゃなかったとしたら。もしも、死んだその先があるのだとしたら。

このラジオ局に出合ってから、何度も不思議な出来事があった。

もしも幽霊からのファックスが、本当に本当のことだったとしたら。

——俺と花音ちゃんも、いつか……。

アンジェリカは、物思いに耽る昇太をそっと横目で見ながらマイクに向かい、矢野顕子の「また会おね」を紹介した。

真純は駅前広場に流れるJ-POPの名曲を聴きながら、黒猫を優しく胸に抱き上げた。

両目から溢れる涙は、仔猫が体を伸ばして、小さな舌で幾度も舐めてくれた。

「あんたの名前、何にすればいいの？　だって今度は、白くないじゃん」

黒猫は、ゴロゴロと喉を鳴らして、飼い主を見つめていた。

第四章　陽一とアンジェリカ

蓮池陽一(はすいけよういち)が酒谷昇太(さけたにしょうた)と出会う一年前——とある日曜日の深夜。

長崎市の高台にあるラジオ局の中で、陽一の上半身が壁から飛び出してきた。

彼は後ろを振り返り、「あれま。またやっちゃったよ」と呟(つぶや)いた。右足の膝から下は、まだ漆喰(しっくい)の白壁の中に残っている。

「壁は通り抜けずに、必ずドアを開けて入ってこいって、ラジオ局長から厳しく言われてるのにな……」

とはいえ、照明の消えたスタッフルームには誰もいない。

「ま、僕ひとりだからいいか」と壁から右足を引き抜き、そのまま部屋に入る。

「壁の通り抜けって、幽霊である僕の、数少ない特技のひとつなんだけどねえ。ドアをいちいち開けるのは面倒だよ」

ぼやいてはみるが、ラジオ局長の指示は、あくまで陽一の素性(すじょう)がバレないように考えてくれているからだと承知している。局長は、愛すべき実の弟でもある。もどかしくても仕方が無い。

陽一は今から四半世紀以上前、妻と新婚旅行に出かける途中で交通事故に遭(あ)い、死んだ。そして、生前から勤めていたラジオ局の『地縛霊(じばくれい)』となった。

幽霊になってからは、古い洋館を改装した局舎(きよくしや)に囚(とら)われ、外に出ることが出来なかったが――それと引き換えに、夜になると実体化するようになった。

まるで生きている人間のように放送機器に触ったり、ラジオスタッフと会話したりすることが出来るようになったのだ。

そこで彼は、死んで幽霊になった後も、ラジオディレクターとして番組を作り続けることにした。

「だって僕は生粋(きつすい)のラジオマンだからね。死ぬほど……いや、死んだってラジオのことが好きなんだ」

それから二十年以上の月日が流れ――最近になって陽一は、時折意識を失う症状に悩まされていた。最初は週に一、二度くらいのことで、意識が無いのも短時間だったが、次第にその回数が増え、回を重ねるごとに時間も長くなっていった。

普通の人間だったら、これを「寝落ちした」とか「うたたねした」などと表現するのだろう。

だが死んで以来この方、幽霊の彼には睡眠など、まるで縁の無い習慣だった。

感覚的にも、最近起きている現象は、「寝ている」というよりは「意識が途切れる」と表現した方がしっくりくるものだ。

一般的に「寝て、起きる」というのは、音楽で言う「フェードアウト、フェードイン」のようにじわじわと意識レベルが変化していく感じだろう。だが最近の陽一は、意識がまさに一瞬で「カットアウト」して途切れ、しばらくしていきなり「カットイン」で覚醒（かくせい）する感覚を味わっていたのだった。

ひょっとして、彼が現世に留まっていられる時間も、そう長くはないのかもしれない。

つい先日、陽一自身が見出したふたりの若者たち――アナウンサー鴨川優（かもがわゆう）とアシスタント山野佳澄（やまのかすみ）が、彼がディレクションする深夜番組「ミッドナイト☆レディオステーション」を卒業した。

思い起こせば放送をしている間、随分（ずいぶん）と彼らに偉そうな助言をしたような気がして気恥ずかしい。

――実際には、僕自身、自分のことすらも分かっていないのにね。

生きていたって、死んだって、自分自身のことを一番知らないことに変わりはない。それが、幽霊となった彼の実感だ。

陽一は洋館ラジオ局の二階にあるスタッフルームの窓辺に立ち、夜景に目を落とした。彼が生前から過ごしているラジオ局は、長崎市の小高い丘の上に建っており、ふもとの街並みや遠くの海まで見渡すことが出来る。

今夜は満月だ。江戸時代に幕府直轄（ちょっかつ）の貿易港として栄えた湾内を、明るく照らしている。

——僕は神に頼らないけれど……月の光には、とても神秘的な力を感じる。何だか、まるで僕に味方してくれているみたいな。

——いや、それどころか幽霊や人ならざる者たち、すべてを応援してくれているような。

しかし考えてみたら、月明りとは、太陽の光が地球を回る衛星・月によって反射されたものである。

——昼間は出現出来ない僕が、月光を浴びても平気なのは何故（なぜ）だろう？

素朴（そぼく）な疑問が浮かぶ。

——もとは同じ太陽の光なのにね。

それどころか、特に満月からは、大きなエネルギーを受け取っている感覚すらある。

——不思議なことだ……。

答えは恐らく、考えてもすぐには浮かばないだろう。しかし心のどこかにそっと疑問を転がしておけば、不意に気がつくこともある。真理というのはそういうものだと、陽一は知っていた。

地縛霊の割に物事に拘泥しない彼は、今はただ月の光を全身に受け止め、味わっていた。

——この美しい光は、きっと天界まで届いているだろうな。

一足先に旅立った最愛の妻も、同じ様に月明りを楽しんでいるに違いない。そんな気がした。

——多分当たってる。

——だって僕らは、似たもの夫婦だからね。

青く透明な光を見つめているうちに、また意識が途切れた。

気がつくと、スタジオ副調整室にいた。

真っ暗な空間に放送機器のＬＥＤランプが明滅し、熱に弱い機械を正常に保つためのエアコンディショナーが、低い音を立てて唸っている。

「え……どこ？」

陽一は思わず声に出してしまった。

ここは、自分が長年慣れ親しんだスタジオではなかった。同じラジオスタジオには違いないが、壁は古い洋館の漆喰ではなく、紺や白いクロス張りの近代的なものだ。

「え？　なに？　なんなの？」

常に泰然自若として余裕たっぷりの彼には珍しく、きょろきょろとサブの中を見渡す。右側の壁が一面全部、窓になっていることに気がつき、駆け寄る。

「どこだよ、ここ」

二重窓の外には、知らない景色が広がっていた。さっきまでは洋館の二階にいたが、ここは一階だ。

「街中……駅のロータリー、かな？」

大きくはないが、美しく整備された駅だ。広場があり、テーブルと椅子が何セットか置かれている。人影は少ない。広場を挟んで車用のロータリーがあり、空車の赤いランプを点けたタクシーが数台停車していた。それらを囲むように背の高いホテルや商業ビルが建ち並んでいる。

その中の青く光る看板を見て、陽一は啞然とした。

――『佐賀新聞』。

「え……佐賀新聞だって⁉」

思わず声に出る。

――ということは、ここは佐賀……佐賀駅？

――これは一体、どうしたことだ？？？

丘の上の洋館ラジオ局から外に出てしまうなんて、彼が地縛霊になって二十年以上、一度も無い経験である。

——何故、僕は洋館を出ることが出来た？

——それも県境まで越えて、佐賀まで……。

——どうしてこんな遠いところにいる？

佐賀駅には生前、何度か来たことがある。駅から車で十分ほど走ったところに支局があったからだ。あの頃、地元佐賀大学近くの住宅街に、コンクリート造り二階建ての局舎がぽつりと存在していた。

佐賀支局は七十年ほど前、背の高い電波送信用アンテナを屋上に設置する都合上、仮に倒れても被害の少ない佐賀市郊外の田園地帯に建設された。しかし、時が経つにつれ、周囲に住宅が建ち並ぶようになったと聞いている。

だが、目の前に広がる光景は彼のよく知る佐賀駅ではなかった。

——そうか、何年か前に佐賀駅周辺は再開発が始まって、支局も駅前に移転したんだっけ。

思考を巡らせながら、もう一度駅前広場を眺める。

直接見ることは出来ないが、満月特有の強い光が広場に降り注いでいるのが分かった。恐らく、さっきまで見ていた月と同じ光だ。

どうやら自分は瞬間的に、長崎の洋館ラジオ局から現代の佐賀駅、しかも移転した佐賀支局のスタジオサブに移動したようである。

「なるほどね」

状況は分かった。

だが、何故自分がここにいるのか、どうやってここに来られたのかはさっぱり分からない。

――これまでどうしたって、あの洋館から出ることは出来なかったのに。

昭和初期の古い銀行を改装して造られたラジオ局舎は、風水や地脈から見て最悪最凶の場所に建っているらしい。だがそれだけに、幽霊・陽一の実体化を実現させるほどの強力な霊的パワーを内包していた。ただし、その仮初めの肉体は、洋館に縛り付けられていたのだけれど。

だが、四半世紀もの間ラジオ局から出られなかったからこそ、彼はラジオ番組を作り続けることが出来た。それが「自分に課せられた使命だ」と感じていたからでもあった。

陽一は腕組みをし、目を閉じて考えをまとめようとした。幽霊だから、目を閉じても周囲の景色は消えずに見え続けているのだけれど、生きているときからの彼の癖なのだった。

いつぞや洋館ラジオ局に訪ねてきた死神は、こう言っていた。

『……この世に偶然など無い……すべてにおいて意味があるのだ……』

そうだろう。確かにその通りなのだろう。

特に自分のように本来肉体を持たない幽霊は、とりわけ運命とやらに左右されやすい存在なのではないかと思う。

――僕がここに来た意味、来ることが出来た理由とは――？

思考の海に沈みかけたところで「ばさっ」と何かが落ちる物音がし、陽一は窓とは反対側の、サブの入り口を振り返った。

照明の落ちた事務所側から、小柄な女性が両手を口に当てて陽一を凝視していた。事務所フロアはスタジオサブよりも一段低くなっており、足下にはコピー用紙の束が散乱している。驚きのあまり、声が出ない様子だ。

――僕のことが見えているのか？

ということは、今やはり、自分が佐賀で実体化しているということだろうか。

――霊体で移動するどころか、肉体を持った？

――そんなことが可能だったのか？？

いや、まだ分からない。

――彼女が特別、霊感が強い人なのかもしれない。

実際、幽霊が見える人間とは、時折出会う。

霊感——五感を超えた「第六感」というのは、実は誰にでも備わっているありふれた感覚だと陽一は考えている。霊感がある、あるいは無いというのは、音楽の才能に喩えれば、絶対音感の持ち主もいれば、ひどく音痴の人もいる、というようなものだろう。

中には霊感が強過ぎて、生きている人間と死んでいる人間の区別がついていないタイプもいるくらいだ。長崎の洋館ラジオ局にも、そういうアナウンサーたちが複数いる。得てして、そういうタイプの人ほど、幽霊の存在を信じていなかったりするから興味深いものである。

ともあれ、たとえ自分が本物の幽霊であっても、目の前の女性を怖がらせるのは彼の主義ではなかった。

彼女の取っている姿勢、硬直した表情は、叫び声を上げる一歩手前に違いない。大変気の毒な状況にいるのは確かだ。自分が無害な存在であることを説明し、安心させてあげなければ。

「その……やあ、こんばんは」

とりあえず、いつものように気さくに挨拶をする。初対面の相手の警戒心を解くには、どんなときだって感じの良い挨拶に限るのだ。

「驚かせてごめんなさい。僕はディレクターの蓮池陽一と言います。怪しいものじゃないです。見た目通りの優男（やさおとこ）ですから、心配いらないですよ？」

——そうは言いつつ、この状況……我ながら、どう考えてもメチャメチャ怪しいよねえ……。

とはいえ他にどうしようもないので、真っ暗がりでニッコリ笑って見せる。

「だから安心して。アー・ユー・オーケイ？」

だが、女の子は予想外の反応を返してきた。

「蓮池ディレクターって、本社の蓮池さん……？」

口元から手を放し、尋ねてくる。

「え。僕を知ってるの？」

「もちろんです。実際にお会いするのは初めてですけど」

——あ。そういえば、この声。

電話越しに聞いたことのある声だった。

「君は確か、編成業務の……」

「アルバイトの河原崎（かわらざき）です」

——やっぱり。

彼女とは番組の内容や佐賀のスポンサーの取り扱いについて、何度か電話でやりとりをしたことがあった。基本的に陽一は夜にしか実体化出来ず、仕事をすることも出来ないので、彼女と話すのはいつも陽が落ちた夕方以降である。

確か高校を卒業したばかりでアルバイトに入ってきたと聞いたが、彼女の生真面目で正確な仕事ぶりに、陽一は好感を覚えていた。ハキハキとした話し方も素敵だと思う。

いずれにしろ彼女の反応は、陽一を『生身の人間』として捉えているということだろう。陽一はホッとして続けた。

「やっぱり河原崎さんか。声で分かったよ。君の声は電話でも聴き取りやすくて、助かってる。いつもありがとう。会えて嬉しいよ」

「こちらこそ、ありがとうございます」

ぺこりと頭を下げる。電話で感じていた通り、まだ若いが礼儀正しい子だ。ライトグレーのスーツを着ている。

話が通じそうなので、このまま何とか取り繕うことにする。

「いやあ……僕は日曜日、仕事がフリーでね。せっかくだから新しい佐賀のスタジオを見てみたいと思って来たんだけど、どうにも遅くなっちゃって。やっと辿り着いたと思ったら、今度は灯りのスイッチがどこにあるか分からなくてさ、困ってたんだよね」

不法侵入の言い訳としては、やっぱり苦し過ぎるような気もするが。

「電気のスイッチは、ここです」

彼女が事務所フロアから一段高いサブに上がってきて、照明をオンにした。白く明るい光が天井から降り注ぐ。

黒い髪を胸の辺りまで垂らした彼女は、眩しそうにしながら陽一を頭からつま先まで見た。

電話で話した印象では、礼儀正しいが内向的なところもある子だと思っていたけれど、実際に会ってみると、意外と目力のある子だった。さっきまでは怯えている様子もあったが、今は臆さず、大きな目で陽一を真正面から見つめている。

「ふうん……電気を点けても、消えないんですね」

「え？」

陽一は目をしばたたかせた。

「あの、それってどういう？」

「だって幽霊って、普通、明るいところでは消えるものでしょう？」

「え……」

彼女の目は挑戦的で、陽一の眼を射抜くかのように光っている。

「あたし、さっき蓮池さんが現れるところを、一部始終、全部見てたんです」

少女は右手で陽一を指差しながら言った。

「帰ろうとして電気を消したら、なんかサブの方が少し光ったなって思って。何だろうって見に来たら、淡い光の粒みたいのが空中に浮かんでて、それがだんだん増えてきて、次にその粒々がギュッと集まって、人の形になって……そしたらいつの間にか、そこに蓮池さんが立ってました」

「へえ……」

――そうか。僕はそんな風にしてここに現れたんだ。

陽一は少女の観察力と描写力に感心していた。まるでその光景が目に浮かぶようだ。意識が途切れていた彼にとっては、大変貴重な証言でもある。

「あたし、こんな現象、初めて見ました」

――そうだろうねえ。

陽一はしみじみ頷(うなず)いた。

――僕だってこんな体験、初めてだし……。

「あの……単刀直入に聞きますけど、蓮池さんは幽霊ですか?」

「おや。凄いこと聞くね」

陽一は楽しくて面白くて、要するに愉快な気持ちになって笑い出しそうになった。長いこと幽霊をやってきたが、こんなアプローチを受けたのは初めてだ。

「どうしてそう思うんだい？」

河原崎さんはサブの床を見ながら言った。

「蓮池さん、影が無いですよ」

陽一は足元の革靴を見た。

確かにその通りだ。天井の照明は、彼の体の影を床のカーペットに作っていなかった。たとえ実体化しても、幽霊には影が出来ないのだ。

「そもそも局内は、土足厳禁なんですけど」

「え？　あ……ゴメン！」

陽一は居心地悪そうに頭をかいた。

「まあ、そんな細かいことはこの際、どうでもよくて。影だけじゃないです。蓮池さんの後ろのガラス窓にも、あたししか映ってません……こんなこと、あり得ない」

――よく気がついたな。

陽一は彼女の観察力に再び感心した。

「だから蓮池さん、あなたは普通の人間じゃなくて、幽霊です。違いますか？」

「鋭いね」

本心からそう思う。まだ十代後半なのに、この落ち着きぶりも大したものだ。小柄な女の子だが、人格的迫力すら感じる。

「あたしは行ったことないけど、移転前の旧局舎では、幽霊を見た人も結構いたみたいですし」

――へえ、そうなんだ。

　それは知らなかった。

「ずばり、あなたの正体は、旧局舎からやってきた幽霊ですね？　そして何故か、蓮池ディレクターのフリをしている」

――なるほど、そう推理したか。

　少女の挑むような目を好ましく思い、正直に答えることにする。

「うん、そうだよ」

「え……」

　彼女の口が半開きになった。

「君の言う通り、僕は幽霊だ」

　少女が衝撃（しょうげき）を受けたように半歩あとずさった。

「ほ、ほんとに？」

　大きな目を見開いている。

「ただし、旧局舎に出たとかいう幽霊じゃない。蓮池陽一のフリでもなくて、本人だ。僕、蓮池陽一は、ざっと四半世紀前、車にはねられて死んだ。以来ずっと長崎のラジオ局で幽霊を続けている。ちなみに、何故今夜佐賀に出現したのかは、僕にも分からない」

「本物……ていうか、そもそも蓮池さんは幽霊だった？」

彼女はしばらく陽一をじっと見ていたが、一気に力が抜け、へなへなと座り込んでしまった。

「ちょ……大丈夫かい？」

「いえ、大丈夫というか……全然、大丈夫じゃないです。さっきまでは一種の興奮状態にあったっていうか、恐怖を感じないように、逆にわざと強気に出てみたんですけど……ていうか、幽霊だなんて正直、半信半疑だったし。でも、急に怖くなってきて」

——なるほど、そういうことだったのか。

全身に鳥肌が立っているのが、陽一にも分かった。

少女は極端な上目遣い（うわめづか）で言った。

「あたし子供の頃から、結構、幽霊とか見る方だったんですけど、蓮池さんみたいな人……いえ、幽霊に会ったのは初めてです。幽霊ってみんないつも一方通行な感じで、まともにコミュニケーションなんか取れたことないし、大体すぐに消えちゃうから……ていうか、まだ実感が湧（わ）かないんですけど、本当に幽霊？」

「うん」

「本当に？」

陽一は腰をかがめ、手を差し伸べた。

「幽霊だよ」

少女は陽一の手を取ろうとして、慌てて引っ込めた。

「冷たいっ⁉」

「ああ、ごめん」

彼は苦笑いした。

「僕、死んでるからさ。夜になると実体化してラジオ番組を作ってるんだけれど、体温は無いんだよね。影も出来ないし、鏡にも映らない。お腹も空かないし、喉も渇（かわ）かないよ」

「本当の本当に、幽霊なんだ……」

「そう」

「でも本社のラジオ局って、幽霊でも働けるんですか？」

もっともな疑問だ。

「それが都合のいいことに、たまたま弟がラジオ局長でね。面倒なことはカバーしてくれてる。それとラジオスタッフのほとんどが、僕が幽霊であることに気づいていないんだ。長崎では、夜間専門のディレクターってことで通ってるよ」

それで二十年以上、ラジオディレクターとしてやってこれたのだから、我ながら大したものである。いや、弟をはじめ、事情を知っている局内の仲間たちが協力してくれているおかげだ。

——みんな、ありがとう。

「という訳で、そろそろ信じてくれたかな？」

「……」

彼女は押し黙ると、スーツのポケットから急いで小さなお守りを取り出し、陽一にかざした。

「あ、悪霊(あくりょう)退散！」

「はい？」

少女の眼は、陽一を睨(にら)みつけている。

「悪霊退散！　悪霊退散っ！　おばあちゃん、超可愛(かわい)い孫のあたしを、悪霊からお守りください！」

肩で息をしながら、大きい声で叫ぶ。

——あらま。

陽一は戸惑いながら、目の前に突き出された少女のお守りを見つめた。

小さな赤い布袋のお守りは、彼女の祖母の手作りなのだろう。中には小銭が数枚入っているようだ。

——もしもの時、公衆電話代とかバス代とかに使えるように、子供の頃におばあちゃんから貰ったんだろうな。

小銭入れのついでに作ったお守りだったのかもしれないが、赤い小袋からは、温かな光の波動が出ているのを感じた。もう亡くなっているようだが、祖母の想いは、今でも彼女を守り続けているのだ。

——河原崎さんは、おばあちゃんに愛されて育ったんだな。

それは、とても素晴らしいことだ。

——しかしまあ、何はともあれ。

「ええとね、河原崎さん」

出来る限り優しいトーンの声で話しかける。

「僕は悪霊じゃないし、だから君に悪意を抱いてないし、君を襲うつもりも全然無いから、そのお守りは効果無いよ？」

「え……」

少女は呆然とした顔で陽一を見返した。

「そ、そうですよね。蓮池さん、全然怖くないし……」

慌てて立ち上がり、頭を下げる。

「なんだかあたし、超失礼な態度を取ってしまったみたいで、申し訳ございません！」

「いやいや、お気になさらず。やっぱ幽霊っていうだけで、もうそれだけで怖いよね。当然だよ」

陽一は両手のひらを広げて微笑(ほほえ)んだが、彼女は頭を下げ続けている。

しかし「頭を上げて」と言いかけた瞬間、素早く顔を上げた。

「ところで蓮池さん。ちょっと聞きたいんですが」

両手でお守りを持っているが、もう恐怖心は薄れているようだ。立ち直りが早いというか、気持ちの切り替えが早い子である。怖さよりも、目の前の不思議体験への興味の方が勝った、ということなのだろう。

「はい。何でもどうぞ」

「蓮池さんが本物の幽霊で、幽霊だけど怖くない、ということはよく分かったんですけど……」

「ありがとう。それだけ分かってくれたら、もう十分だよ」

「でも何故急に、佐賀のスタジオに現れたんですか？　本当に見学するためですか？」

　確かに、問題はそこである。

「さっきも言ったけど、何故いまここに僕がいるのか、僕自身分からないんだ。僕はいわゆる地縛霊で、幽霊になってこの方、あの洋館ラジオ局から出られたためしが無かったんだけど……」

　話しながら、壁の丸時計が目に入った。

「あれ、そんなことより、もうすぐ午前零時じゃないか。もうこれくらいで話は止めて、早く帰った方がいい」

　少女が噴き出した。

「幽霊なのに、常識的なんですね？」

「僕は幽霊である前に、ひとりのディレクターだからね。放送人に一番必要なのは、一般常識なのさ」

　陽一は事務フロアへ軽快に降りると、床に散らばったコピー用紙を拾い集めた。

「あ、すみません！」

　少女も降りてきて、一緒に紙を拾う。

　落ちていたのは、発声練習の方法や早口言葉について書かれたテキスト、ニュースや天気予報の原稿だった。陽一が拾った原稿の束を手渡すと、少女は頰を赤くして胸に抱いた。

「河原崎さんは、アナウンサー志望なのかい？」

　上気した顔で頷く。

「アナウンサーっていうか、ラジオで喋る仕事に就きたくて。あの、さっきは聴き取りやすい声って言ってくださって、超嬉しかったです」

「そうか」

　陽一はにっこりと頷いた。「超嬉しかった」というのは、本心だろう。まさに『超』が付くほど嬉しかったのだ。

「今夜もなんですけど、誰もいないときを見計らって、スタジオで発声練習をしてるんです」

　――なるほど。頑張り屋さんだ。

「君は喋り手になるために、アルバイトに入ったの？」

「はい。それが……『今、佐賀局は自主制作の番組が減ってるから、パーソナリティーの募集も、しばらく予定は無い』って言われたので、とりあえず高校を中退してアルバイトに……」

「え？　中退？」

　陽一は首を傾げた。

「河原崎さんは高卒って聞いてたけど……」

「あ」

少女はぺろっと舌を出した。

「すみません。アルバイトの採用のとき、佐賀局長さんから『本当は高校卒業以上で募集したんだから、人に聞かれたら高卒って答えといてね』って、言われてたんでした……」

「マジで」

陽一はのけぞりそうになりながら、自分と同世代の男の顔を思い浮かべた。

——佐賀局長って、あいつか……。

昔からいい加減というか、調子のいい男だったけれど、あまり本質は変わっていないようだ。もう随分と会っていないが、すっかり歳を取って、いいオッサンになっていることだろう。死んで幽霊になった自分は、二十五年前から全く姿が変わっていないけれども。

「あ、でも。アルバイト掛け持ちしながら勉強して、高校卒業認定試験には受かったんです。だから、まるっきり嘘じゃないんですよ」

「そりゃ大したもんだ。やっぱり頑張り屋さんなんだね」

陽一は軽く拍手をしながら言った。

「いえ。こう言っちゃなんですけど、学校が嫌だっただけで、勉強は得意でしたから。大学にも行ってみたいし」

少女は、ちょっと得意げな感じで返した。実際、自力で高卒認定試験に合格したことは、彼女にとって誇りなのだろう。もちろん、大いに誇るべきことである。

「僕からも聞きたいんだけど、いいかな」

さっき『早く帰った方がいい』と言ったことも忘れて、陽一は少女に質問をした。

「どうしてラジオのパーソナリティーになりたいんだい?」

「喋るのが好きだからっていうのは当然あるんですけど、いくつか理由があって……」

「オーケイ! そこまで!」

陽一は胸の前で両手を「パンッ」と音を立てて合わせた。

「そんな大事な話、こんな事務所で聞くのは勿体(もったい)ない。続きはマイクの前で話してもらおうか?」

「え???」

陽一はウインクをして見せ、少女は目をパチクリさせた。

「ここはラジオ局だ。そして僕はディレクターで、君はパーソナリティー候補生だ。ここで出会ったのも、何かの縁だと思わないか？　ほら、分かったら早くスタジオにお入り」

「えええ？　今からですか⁉」

「そう、たった今から。いいかい？　ラジオっていうのは突然始まるんだ。とびきりフットワークの軽いメディアなんだぜ」

陽一はサブの左側にあるAスタジオの重たい鋼鉄の扉を開けると、彼女を中に押し込んだ。

自分はサブに戻って調整卓前の回転椅子に座り、普段使っているのと同じ機材、同じシステムであることを確認する。

――ま、同じ会社だからね。

次にスタジオの中を見て、ジェスチャーで少女にイヤホンを付けるように指示を出した。

「今から三分後。TB（トーク・バック）のボタンを押す。

「今から三分後。午前零時ちょうどに、君と僕だけの番組を始める。これまで自主練で培った成果を、存分に聴かせてほしい。番組タイトルは『ミッドナイト☆レディオステーション・イン・SAGA』だ。OK？」

『は、はい！』

「タイトル、メモして」

『メモしてます！』

少女は手元の原稿の束に、三色ボールペンを走らせながら言った。

——へえ、いいね。

メモ魔であることは、マスコミ人の基本のようなものだ。教えなくても、彼女にはすでに素養（そよう）が備わっている。

「時報明けに僕がキューを出したら、君がタイトルを言う。そしたら、番組テーマ曲を出す。長崎本社で使ってるのと同じ曲だよ。その後、自己紹介をして、次に何故君がラジオパーソナリティーになりたいのかを、説明する。そして曲ふりだ。かける音楽は何がいい？」

『えっと……』

彼女は少し考えて、答えた。

『森山良子（もりやまりょうこ）さんの「さとうきび畑」で』

「名曲だけど、君の年齢でよく知ってるね？」

『おばあちゃんが好きだったんです』

「そうか」

陽一は頷いた。

——さっきのお守りの、おばあちゃんだな。

河原崎さんはマイクのカフボックスの横に、赤い小さなお守り袋を置いた。

「よし、あと二分だ。この二分で気持ちを落ち着けて、本当のオンエアのつもりで喋るんだよ」

『はい！』

――いい返事だ。

いつでも飛び立てるよう、常に準備をしている者だけが出来る返事である。

――大したもんだ。やっぱり肝（きも）が据（す）わってる。

こういうのって、仕官を目指して日夜武芸に励んだ、江戸時代の浪人に通じるなあ……と陽一は思った。

そういえば佐賀は武士道、葉隠（はがくれ）が生まれた土地でもある。

「武士道と云ふは死ぬ事と見付けたり」

――すでに死んでいる僕には、とうの昔に迷いは無いよ、山本常朝（やまもとつねとも）さん。

陽一は調整卓備え付けのＰＣで、番組テーマ曲と、森山良子の「さとうきび畑」をデータベースから手早く呼び出し、スタンバイをした。

ふと、かつて存在したラジオ佐賀局の古いスタジオを思い出した。

あの頃、一番稼働していたスタジオには、年代物のヨーロッパ製オープンデッキが三台とレコードプレイヤーが鎮座（ちんざ）していた。ＤＡＴやＭＤのデッキが入ったときなどは『デジタル新時代が来た！』と、ちょっとした騒ぎになったものだ。

今ではオンラインでどんな音楽データでも呼び出せるのだから、隔世（かくせい）の感がある。全国のＡＭ局がＦＭ波でも放送を始めたし、ｒａｄｉｋｏ（ラジコ）で日本中のラジオ番組を聴くことも出来るようになった。この二〜三十年ほどで、ラジオを取り巻く環境は驚くほど変わっている。

――だけど、人の心だけは変わらない。

――人間って存在は、心も体もアナログだからね。

スタジオの中の少女は、目を閉じて集中をしているようだ。

タイミングを見て、トーク・バックで話しかける。

『あと二十秒だよ。マイクをオンにして』

少女が目を開き、大きく息を吐き出しながら、カフスイッチに触った。オンエアの赤いランプが灯る。

陽一が左手を大きく上げ、彼女に向けて手のひらを広げる。

『スタート十秒前……七、六、五、四、三……』

ゼロの瞬間に、手を優しく下げる。キューサインだ。

「ミッドナイト☆レディオステーション・イン・ＳＡＧＡ！」

思い切りよく、少女がタイトルを叫ぶ。

――うん、パンチの効いた声だ。

陽一が口笛を吹きながら、リモートボックスのワンタッチボタンで、番組テーマ曲をスタートさせる。星がきらめくような効果音に導かれ、軽快なポップミュージックが弾けていく。

音楽をＢＧレベルに下げ、再びキューを出す。いよいよオープニングトークである。

――さあ、どうぞ！

「こんばんは！　いきなり始まりました『ミッドナイト☆レディオステーション・イン・ＳＡＧＡ！』今夜の担当は、私、清水アンジェリカ。もうすぐ十九歳です！」

――あれ、河原崎じゃなくて、清水なの？

――そして下の名前は……そういえば聞いてなかったけど、アンジェリカ？

――アンジェリーナっていうタレントがいるけど、関係あるのかな？

――それとも仇名か、芸名……？？

色々と名前に謎が多い。

「もう少し自己紹介しますね。清水っていうのは元々の苗字で……両親が離婚して河原崎になったんですけど、あたしは清水って響きの方が超好きで。お母さん、いま絶対聴いてないけど、ごめんなさい！　そしてアンジェリカの方は、本名なんです」

苗字・名前ともに、芸名でもなく、既存タレントの影響を受けた訳でもなかった。

「皆さん、アンジェリカって、カタカナで思い浮かべたでしょ？　ま、別にそれでいいんですけど、実は漢字で『杏・慈・英・凜・華』って書くんです。あんずの『杏』に……」

少女は、自分の名前を漢字でどう書くのかを、スラスラと紹介した。きっと子供の頃から説明することに慣れているのだろう。

――一時期流行した、キラキラネームってやつだな。

「ちっちゃい時は、自分の名前が難しくて書けなかったし、クラスの子からは名前でいじられたり、からかわれたりしたから、凄くイヤでした。おかげで学校も嫌いになっちゃって、最終的に高校で中退……って、うわ。名前の話だけで、もう二分くらい喋っちゃってる！　ディレクターさん、まだ大丈夫ですか？」

陽一は両手で大きな丸を作った。オンエアではない架空の放送だから、時間の制限もない。ある意味、どんなに長く喋ったって大丈夫だ。

だが、ふと窓の外を見ると、通行人が数人立ち止まってスタジオのアンジェリカを見ているのに、気づいた。

――え……どうして？

改めてサブの中を見回すと、機材が組み込まれたキャビネットの『外部スピーカー』と書かれたランプが、緑色に光っているのを見つけた。ということは……

――あらまあ。

陽一は頭をポリポリとかいた。

――つまり、練習のつもりで始めたこの番組は、いま現在、スタジオの外でそのまま流れちゃってるってことか……。

――てことは、もはや本番みたいなもんじゃないか。

「なるほど……」

見た目は美青年だが、中身は年季が入ったベテランのラジオディレクターは、ニヤリと笑った。

「面白いね」

――この世に偶然など無いんだよな、死神くん？

思いがけず今夜が、DJ・清水アンジェリカのデビュー戦になった。

恐らく本人は〝リスナーたち〟の存在に気づく余裕は無いだろうけれど。

「ええと。それから、あたしはまだ修行中で、今夜は特別にスタジオで喋らせてもらってるんですが……あたしがパーソナリティーを目指してる理由について、これからお話しします！」

若干のたどたどしさはあるが、ちゃんと予定通りに話題を進めている。

「きっかけは、もちろん元々お喋りが超大好き！　というのはあるんですけど……直接影響を受けたのは、おばあちゃんが、いつも『アンジェはお話が上手だね』って褒めてくれてたことなんです。

あたし、おばあちゃん子だったから、学校から家に帰ったら、その日一日あったことを全部、おばあちゃんに報告してたんです。おばあちゃんが楽しそうに話を聞いてくれるのが、もう、超嬉しくって！」

好きこそ物の上手なれ——と言うが、彼女は小さい頃から喋ることが上手で、彼女の祖母は褒め上手だったのだ。

——アンジェリカとおばあちゃん、最高の組み合わせじゃないか。

「でもある日、おばあちゃんが施設に入ることになって……老人ホームです。それは、色んな事情があって仕方なかったんだけど、でもコロナが流行って、家族の面会がホームで禁止になって、あたしもおばあちゃんに会いに行けなくなっちゃって……」

新型コロナウイルスの流行。この歴史的な疫病は、世界中の人々の暮らしや人生に、多大な影響を与えた。アンジェリカの家族もそうだったのだ。

「おばあちゃんはスマホとか持ってなかったから、直接お話を聞いてもらうことが出来なくなって……それであたし、おばあちゃんに手紙を書くことにしたんです。毎回、なっがーい手紙を書きました！

まあ、それはそれで楽しかったし、おばあちゃんも喜んで読んでくれてたみたいだけど、でも、やっぱり手紙はもどかしくって……。

それで、そうだ！　ラジオのパーソナリティーになれば、おばあちゃんにあたしの話を聴かせてあげられるじゃんって、気がついたんです！」

——上手いな。

陽一は唸った。

今夜は思いつきで、試しにスタジオで喋らせてみたけれど、想像以上の実力だ。いわゆる女子アナ的な優等生の喋り方ではないが、少女は短い言葉で自分の気持ちや状況を説明することに長けている。しかも、言葉への感情の乗せ方、散りばめ方が絶妙だ。この子には、トークのセンスがある。

——これは思いがけない、大収穫だな。

もしかして自分は、アンジェリカに会うために今夜、長崎から佐賀に来たのかもしれない。そう思ってしまうほどのインパクトが、彼女の喋りにはあった。

「それであたし、このラジオ局にアルバイトで入ったんです。でも、喋り手は募集してなかったから、とりあえず事務系のバイトで。あ、高校はスパッとやめちゃいました！」

あっけらかんと話す彼女に、スタジオ前に集まった人々は、それぞれ感心したり、驚いたりしていた。アンジェリカもギャラリーがいることにようやく気づき、ずっこけている男性に向けて笑顔で手を振っている。

——お、ファンサービスもしちゃうのかい？

少女にはエンターテイナーの素質もあるようだ。

「で、我が家はお金無いし、だけど猫をいっぱい飼ってて養わなきゃいけないから、他にもアルバイトを掛け持ちしまして。

でも、いつかラジオで喋るんだ、電波でおばあちゃんに呼び掛けるんだって思いながら、あたし、発声練習とか……あたしなりですけど、超頑張ってきたんです！

どうですか皆さん、練習の成果、出てますか？」

スタジオ前のギャラリーは、一斉に拍手をした。すでに何人かはアンジェリカのファンになっているのではないだろうか。

「ありがとうございます！　あたし、やりました！」

両手でVサインを出し、だがすぐに寂しい表情になった。

「……でも、おばあちゃん……あたしのおばあちゃんもコロナになっちゃって。去年、亡くなったんです。面会禁止だったから、おばあちゃん、ひとりで亡くなって。あたしは、あたしはラジオパーソナリティーになるの、間に合わなくて……」

アンジェリカの両目に、あっという間に涙が溢(あふ)れ、頬を零(こぼ)れ落ちた。

「おばあちゃん、あたし、超頑張ってるよ！」

少女は、想いを込めるように大きな声で言った。

「おばあちゃんには聴かせてあげられなかったけど、あたしいつか、きっといいパーソナリティーになるから！　だからおばあちゃん、あたしのラジオ、天国で聴いててよね！」

最後は顔をくしゃくしゃくしゃに歪(ゆが)めながら、少女は喋り切った。

「では……ここで音楽をかけます。皆さん、今夜はあたしの下手くそなお喋りを聴いてくださって、ありがとうございました。拍手とか、超嬉しかったです。いつかあたしが本当のＤＪになったら、絶対また聴いてください！」

スタジオ前の人々は、もう一度温かな拍手を送り、少女は深々とお辞儀(じぎ)をした。

「今からかける音楽は、おばあちゃんが大好きだった曲です。あたしが自分の番組を持ったら、プレゼントしてあげようと思ってた曲。

森山良子さんで『さとうきび畑』です。おばあちゃんも、天国で聴いてくれてるといいな……それでは皆さん、この曲を聴きながら、気をつけてお帰りください。またお会いしましょう！　清水アンジェリカでした」

陽一はフェーダーを上げ、音楽をスタートさせた。

『さとうきび畑』は、第二次世界大戦末期の沖縄戦を描いた作品といわれている。優しいが哀しい歌だ。アンジェリカのおばあちゃんは、ひょっとして戦争経験者で、自らの体験や気持ちをこの歌に重ねていたのかもしれない。

ギターの優しいイントロを聴きながら、少女の頬を涙が幾筋もつたっていく。それを拭おうともせず、彼女はガラスの向こう側に立つ人々に向けて、微笑みを浮かべていた。

やがて森山良子の歌声が流れ始め、ワンコーラスが過ぎた頃から、聴衆はひとり、またひとりと少女に手を振りながら去っていく。

陽一は観客の中に、幾人かの死者——幽霊たちが紛れていることに気づいていた。

喋り手と心の周波数が合わないと、死者には声が届かない。その仕組みはラジオのチューニングとよく似ている。今夜、アンジェリカの語りは、駅周辺を彷徨う幽霊たちにも届き、彼らの心を癒したのだ。まさに、稀有の才能の持ち主である。陽一の長い幽霊ディレクター経験の中でも、滅多にあることではなかった。

――清水アンジェリカこそ、『ミッドナイト☆レディオステーション』のＤＪに相応(ふさわ)しいじゃないか。

優と佳澄が巣立った後の、奇跡の出会い。

自分は本当に、彼女を見出すためにここに来たのかもしれない。

やがて人垣が無くなり、最後にひとり残ったのは――小柄なおばあちゃんだった。

アンジェリカによく似たその人は、にっこりと微笑み、「ありがとう」と口を動かした。そしてサブにいる陽一に深々と頭を下げ、もう一度スタジオのアンジェリカを見た。泣きじゃくる彼女の姿を温かな表情でしばし見つめ、小さく手を振ると後ろを向き、歩き出した。

おばあちゃんは振り返ることなく、遠ざかるほどに後ろ姿は次第に透明になっていき、やがて街の灯りに溶けるように消えていったのだった。

アンジェリカと陽一が酒谷昇太に出会う、一年前の出来事である。

第五章　八月十五日

八月も半ばになった。

不可思議な深夜ラジオ番組、「ミッドナイト☆レディオステーション・イン・SAGA！」に酒谷昇太が出演するようになって、五か月近くになる。

今年秋に開幕する「SAGA2024」国スポ・全障スポ（国民スポーツ大会・全国障害者スポーツ大会）に向けて、佐賀の街はますます活気づいている。佐賀駅前のロータリーに並ぶタクシーも、大会PRのステッカーを貼っている車両がほとんどだ。

しかし昇太はと言えば、春から相も変わらず、就職活動の日々を続けているのだった。

夜遅く、いつものように駅前広場でアイスコーヒーを飲んでいた昇太は、ノートPCで面接試験の結果を何度も確認し、ぱたんと閉じた。

今夜も『残念ながらご縁が無く……』のお断りメールが企業から届いた。それも、三通まとめて。

「いやいやいやいや。これ、流石にちょっとヤバいんじゃね？」

思わず口をついて出る。

——俺にご縁がある企業って、日本のどこかにあんのかなあ……。

いつだったかオンエアで流した、谷村新司の「いい日旅立ち」が頭に浮かぶ。

——俺を待っている人は、日本のいずこ……。

「どうしたリクルート大学生！」

溜息をつく背中を、清水アンジェリカが思い切り叩いた。

「あいたあっ⁉」

「辛気臭い顔ばっかりしてると、背中叩いて活入れちゃうぞ！」

「叩いてから言わないでよ⁉」

悲鳴混じりで抗議する昇太を見て、髪とお揃いのライトブルーのＴシャツを着た少女は大笑いした。

「悪い悪い。あたし、警告する前に体が動くクセがあるんだよね」

「その癖、絶対直した方がいいよ……」

ひりひりする背中をくねらせながら話す昇太だった。

「面接、また落ちたの？」

「悪かったね」

楽しそうに聞くアンジェリカに、昇太は唇を尖らせた。

「そう怒んないの。就職なんか大したことないよ。生きてりゃそのうち、なんとかなるって」

「そんな昭和三十年代のヒット曲みたいなことを言われても」

「あはは」

ちなみに先月の放送は、ディレクター蓮池陽一の趣味で、昭和懐メロソング特集だった。中でも「スーダラ節」をはじめとする昭和三十年代のコミックソングは、国際情勢が緊迫化し、経済も停滞した現代日本を生きる昇太には、なかなか衝撃的な内容だった。

そのうちなんとかなるだろう――などという呑気な生き方が許された時代があったなんて、同じ日本とはとても思えない。

――右肩上がりの高度経済成長とか、バブル景気とか、マジで羨ましい。

一度でいいから、日本全部が好景気っていう状況を味わってみたいものだ。

「んじゃ、もうすぐ日付が変わって十五日になるから、そろそろ行こうか」

「でも今夜は満月じゃないから、放送は無いよね？」

「うん。満月はまだ五日先だよ」

アンジェリカは佐賀駅の上空を見上げた。

雲ひとつない夜空には星々が輝き、少女のスカイブルーの長髪を飾っている。

「だからスタジオで、発声練習でもしない？　あたしも今から、滑舌とかやろうと思って」

「え？　でも今夜は陽一さんもいないし、俺らだけでスタジオに勝手に入ったらいけないいんじゃ……ていうか、そもそもこの時間だと、ラジオ局の鍵が開いてないいんじゃないの？」

「ああ、心配ご無用。あたし昼間もここで働いてるから、キー持ってるの」

「マジで⁉」

「喋り手じゃなくて、事務職だけどね」

全然知らなかった。

考えてみたら、昇太はアンジェリカやディレクター・陽一の素顔を、ほとんど知らない。マイクの前で喋るのが精一杯で、オンエア時間以外のふたりがどんな生活をしているかまで、全然気が回っていなかったのだ。

一方、昇太は就職活動や恋人の花音のことなど、プライベートな部分を結構喋ってしまっているような気がする。しかもラジオの、公共の電波を使って。

――めっちゃ恥ずかしい……。

本名を使わずに『ラジオネーム・サケ茶漬け』で通しておいたのは、せめてもの救いであった。

「ね、どうする？　大きい声で発声練習でもしたら、気が紛れるかもしれないし。一石二鳥じゃない？」

「行きます！」

　昇太はいそいそとベンチから立ち上がった。リュックにノートパソコンをしまいながら、何となくこれまで聞けないでいた疑問を口にする。

「どうして月に一度、満月の夜にだけ放送があるの？」

「知らない」

　アンジェは即答した。

「陽一さんが決めたことだからね。パーソナリティー志望のあたしはそれに乗っかってるだけだし。ま、不思議でいいかげんな番組には、相応しいんじゃ？」

　不思議でいいかげんな番組とは、言い得て妙だと思った。

「ミッドナイト☆レディオステーション・イン・SAGA！」という深夜番組は、ラジオ局の公式WEBサイトには一切表記が無い。ネットアプリのradiko（ラジコ）で検索しても出てこないから、タイムフリー機能を使って後で聴くことも出来ない。

　陽一曰く、「不定期で隙間の時間にやっている、実験的な番組だからさ。その辺は難しいんだよ」とのことだけれど、本当のところはどうなんだろうか。

最初にこの番組に出合ったときは日曜日の深夜で、陽一は「日曜深夜の放送休止時間帯を使った、試験的な番組なんだよね」と、もっともらしいことを言っていた。しかし二回目以降は曜日がバラバラだったので、説明がつかなくなっている。

――それにしても……。

これまで何回かスタジオに入らせてもらったけれど、陽一とアンジェリカ以外のラジオ局員に一度も会ったことが無いのは、何故だろうか。

「アンジェさん、もうひとつ質問いいかな？」

「お、今夜のサケちゃんは好奇心旺盛だねえ……良きかな良きかな。んじゃ、この質問は、特別に無料で答えてあげる」

「さっきのは有料かよ⁉」

「いいツッコミなので、さっきのも無料」

「それはどうも」

少女は昇太の疑問を聞くと、「もう深夜だから、みんな退勤してるだけだよ」と事も無げに答えた。

「でも」と、昇太は食い下がった。

「もう一年以上も怪奇現象が噂になってる訳だし、俺みたいな素人がラジオに出ちゃってるのに……」

「ノンノン」

アンジェはひらひらと手を振って見せた。

「ぶっちゃけね、ラジオ局のほとんどのスタッフが、あたしたちの番組に気づいてないんだよ。あるいは知ってても、本気にしてないの」

「は？　そんな訳ないでしょ」

真夜中とはいえ、月に一度、何時間も放送しているのだ。リスナーからメールだって届いているし、ＳＮＳで番組を話題にしている人もいる。局員が気づかない筈がない。

「サケちゃん、浮立像を見て」

「え？」

少女が不意に指差した方向を振り返ると、お馴染みの像が駅の正面に立っていた。鬼の面をつけた男が、中腰で両手をかざしている等身大の像だ。

「ねえ、浮立像の前はどうなってる？」

「え……？　何も無いっていうか、単なる通路だけど」

昇太がアンジェに報告すると、

「そうかな？　あたしには鳥居が見えるけど」

「はあ？　何言ってんの」と再び後ろを見た昇太は、驚愕した。

浮立像の前に、高さ一・五メートルほどの赤い鳥居と、それに見合った小さな社が出現していた。

「そんな……さっきまで、何も無かったのに」

ていうか、佐賀駅には子供の頃から何百回となく来ているが、今の今まであんなものは見たことが無かった。

「んー。そうかな？　サケちゃんが『無い』と思い込んでたから、見えてなかったんじゃないの？」

「え……俺の思い込み？」

どういうことだろうか。

「これも周波数よ。ラジオや、人の心と同じ」

少女は謎めいた微笑みを浮かべた。

「サケちゃんはこの数か月で、数々の不思議現象を体験したよね。この世ならざるものへのチャンネルが、だんだん合うようになってきてるってことじゃない？」

——この世ならざるもの？

どきりとする言葉だ。

「じゃあ、あの鳥居は……？」

昇太は唾を飲み込んだ。

「あそこには、小さな狐の神様が祀られているの。狐様自身が、あんまり人間が好きじゃないってこともあるみたいだけど……現代人は神様を信じていない人が多いからね。ほとんどの人が、浮立像の前は『単なる通路』だと思い込んでいる。だから、鳥居も祠も見えない。

ウチのラジオ局員も同じよ。怪奇現象のことも不思議な深夜番組のことも本気にしてないから、あの人たちには見えないし聴こえないし、近づくことも出来ないの。狐様と同じく、精神的な結界のようなものね」

「精神的な結界って……ちょっと興味深い話ではあるけど、でも、あの番組は現実だよ？」

昇太は番組終了後に、毎回陽一から出演料だって受け取っているのだ。

ちなみに昇太の番組での扱いは『アルバイト』である。給料は時給換算になっているが、支払いは今どき現金で、しかも陽一のポケットから出てきたお金を直接貰っている。

そんなときの陽一は「これがホントのポケットマネーだね」と、いつも楽しそうだ。

――まあ、別にいいか。

昇太は自分でも驚くくらいあっさりと、少女の説明を受け入れることにした。

——俺もだんだん楽しくなってきたし。

最初は無理やりスタジオに引きずり込まれ、無我夢中で本番に臨(のぞ)んできたが、最近少しだけ、喋りに余裕が出てきたような気がしてもいる。

アンジェの言うように、オンエアで毎回のように不思議な現象が起こるので、少々のことでは驚かなくなってきた、ということもあるかもしれない。

——細けえことは気にすんなってね。

心霊現象が細かいことかどうかは分からないけど。

——どんなことがあっても平常心、だ。

常に動じない男って、何だかカッコいい。佐賀が誇る葉隠(はがくれ)っぽくもある。

「まあ、あの鳥居が見えたってことは、サケちゃんも狐様に気に入られたのかもね。ご利益(りやく)あるかもよ？」

「へえ……」

——無い筈の赤い鳥居が出現したって、平気平気。

「なにニヤついてんの？　カギ開いたよ」とアンジェリカが呆(あき)れ顔で言う。

「いや、まあ、ちょっとね」

右手で銀縁(ぎんぶち)眼鏡を触り、カッコつけてみる。

「変なの」

広場側にあるスタジオサブのガラス戸を開け、ふたりが中に入ろうとしたとき、背中から爆音が聞こえた。

振り返ると、ビルの屋上で青く光る佐賀新聞の看板の後ろから、何かが衝突した。やがて大きな黒い影が広場上空に姿を現すと一瞬停止し、ついでゆっくりと旋回する。

「飛行機?」とアンジェリカが呟いた。

次の瞬間、単発のプロペラ機が駅前に急降下してきた。

プロペラ機は、バリバリと大きな音を立てて広場に並べられたテーブルや椅子を薙ぎ払い、ふたりがいる方向に近づいてくる。

「えええっ⁉」

——さっきまで飛行機なんて飛んでなかったのに！　鳥居と祠の次は、飛行機かよ⁉

昇太は、子供の頃に自転車で大怪我をしたときのことを思い出した。前輪が石を踏んで滑り、車体が傾き、とっさに左手をアスファルトについて手首を骨折した。痛みはしばらくしてから襲ってきたように思う。

一瞬の出来事だった筈だが、あのときは一連の動きが、まるでスローモーションのようにゆっくりと感じられた。人の思考速度は、非常事には急激に加速すると聞いたことがある。きっと、生存本能のなせるわざなのだろう。

そしてまさしく今、昇太はそんな精神状態となっていた。

濃緑色のプロペラ機は右の翼が半分無くなっている。残った左の翼を広場の石畳に引きずり、機体を軋ませながら猛然とこちらへ迫ってくる。

――昔の戦闘機⁉　零戦⁉

――いやしかし！　なんでっ⁉　なんなのっ⁉

思考が早くなったからといって、体も早く動くわけではない。昇太は何とかアンジェリカをサブの床に押し倒し、その上に覆いかぶさった。

直後にガラスを突き破る轟音とともに、飛行機がラジオ局に激突した。

耳元でアンジェリカが金切り声を上げ、昇太も絶叫した。ふたりの上にコンクリートやガラスの破片が滝のように降り注ぐ。どこかから飛んできた鉄の板が昇太の右腕に刺さり、あまりの痛さに呼吸が止まった。オイルと硝煙が混じったような臭いが辺りに充満していく。どこかで爆発が起こり、眼鏡が吹き飛ばされた。

昇太は「世界の終わりが、いきなり訪れた」と思った。

「大丈夫ですか⁉」

誰かの叫び声を遠くに聞きながら、昇太とアンジェリカは意識を失った。

「ちょっとサケちゃん……起きて。起きてよ……！」

間近でアンジェリカの声が聞こえた。

――俺は……アンジェさんは……

――いきなり飛行機が……。

――飛行機？

「重いってば！　起きろっ！」

アンジェリカの大声で、昇太は目を覚ました。

目の前に少女の顔があった。体の下に柔らかく温かな感触がある。

「えっ⁉　アンジェさん？　近っ！」

「だからどいてってば！」

「え？　あ？　す、すみません！」

状況を理解出来ないまま、昇太は慌てて体を起こし、床の上に座って周囲を見回した。

「あれ……？」

そこはいつも通りのスタジオサブだった。

電気は点いていないが、特に変わった様子は見受けられない。サブのガラス扉も、何事もなかったかのように閉まっている。

「ガラスも割れてないし、何も壊れてない……眼鏡もかけてる」

ついさっき、いきなり飛行機がラジオ局に突っ込んできて、全身にガラスとコンクリートの破片を浴び、右腕に激烈な痛みが走り、眼鏡が吹き飛んだ。

あの轟音が空耳の筈はないし、体中に受けた痛みだって、あちこちにリアルな記憶としてはっきりと残っている。

「ど……どういうこと？　何があった？　いや、何も無かった……？？？」

「分かんない。さっぱり分かんない」

アンジェリカも身を起こした。

「ねえサケちゃん。さっき飛行機がスタジオに突っ込んできたよね？」

「来た！　来たよね⁉」

昇太は激しく頷(うなず)いた。激しく同意である。

「ガラスが粉々に割れて、バラバラ降ってきて。サケちゃんの腕に鉄板がぶっ刺さって、千切(ちぎ)れて飛んでった」

「俺の腕、千切れたの⁉」

「うん」

少女は率直に頷き、恐ろしいことを言った。

「右腕がバスッと」

「ひ……」

思わず自分の腕を見るが、きちんと両方とも付いている。

「手がある……」

ほっと胸を撫(な)で下ろしつつ、花音のことが一瞬頭をよぎる。その一方で、アンジェが言ったことも「嘘ではない」と感じていた。

あれは確かに、ここで体験したことなのだ。あの腕の痛みは現実のものだった。

「あの……サケちゃん。さっきは、かばってくれてありがとう」

アンジェリカが、少しはにかんだ様子で言った。

「え。いや、別に……」

少女にお礼を言われるのは珍しいので、何だかドギマギしてしまう。

「とっさに体が勝手に動いただけだから」

「でも、もしものときにこそ人間性が出るっていうよね。サケちゃんはジェントルマンだよ。ホントありがとう！」

少女は得意のサムズアップをした。

「これまでサケちゃんのこと、ずっと緊張しいで、永遠に就職出来っこないヘタレ大学生としか思ってなかったけど。今夜あたしの中で、評価が五ミリくらい上昇したよ？」

「そんなふうに思ってたんかい⁉　ていうか、評価の上昇幅が低過ぎでしょっ！」

昇太のツッコミに、少女はけらけらと笑った。ひどい言い草だが、プライドの高い少女なりの賛辞（さんじ）なのだろう。

だが反面、何か後ろめたいような、ひどく悲しくてつらいような感情も胸に込み上げてきたのを感じた。

――何だろう？　この気持ち……。

心の奥深くに、とても大切なことを置き忘れているような気がした。

はたしてそれは――。

「もう一度言うけど」

アンジェリカの声が、昇太を現実に引き戻した。

「あたしたちは、確かに飛行機が突っ込んでくるのに巻き込まれて、物凄い音と衝撃の中で気を失ったよね？」

昇太は頷いた。すべて彼女の言う通りだ。

「でも目を覚ましたら、いつも通りのラジオ局だったわ。これは一体全体どういうこと？」

さっぱり分からない。

――そりゃあ、あんなことが現実じゃなくて良かったけれど……。

腕もあるし。

まさに夢でも見たんじゃないかという状況だが、ふたりそろって同じ夢を見るなんてことがあるだろうか。そもそもふたりは眠ってもいなかったのだ。

「とりあえず電気点けるね」

昇太が床から立ち上がり、スイッチを入れた。

副調整室が透明な光で満たされると、隣の事務フロアに、黒い学生服の少年が立っていた。

「え……」

全身の肌が粟立つ。

少年は至近距離で昇太を見上げている。

「すみません。ちょっとよろしいでしょうか？」

「は、はい！　な、なんでしょうか⁉」

心臓が口から飛び出しそうになりながら、昇太は答えた。

——い、いつの間に⁉

佐賀駅に面したサブの反対側は、ラジオ局の事務フロアに繋がっていて、床はサブよりも二十センチほど低くなっている。正確に言うと、床下にたくさんのケーブルを這わせているサブの方が、事務フロアよりも一段高くなっているのだけれど。

「あの……ここは、どこでありますか？」

少年は、はっきりと戸惑いの表情を浮かべながら尋ねた。

身長は百六十センチくらいだろうか。小柄だが引き締まった体つきをしているのが、黒い学生服の上からでも分かった。きっちりと背筋が伸びていて、姿勢も良い。頭髪は今どきの中高生では見かけなくなりつつある、由緒正しいスポーツ刈りである。肌は赤黒く、日に焼けていて精悍だ。

それにしても「ここがどこか」とは、おかしな質問をするものである。

「え……ここは、佐賀駅の隣のラジオ局だけど……」

少年は首を捻った。

「佐賀駅の隣に、ラジオ局？」

「日本放送協会でありますか？」

「いや、ＮＨＫじゃなくて民放だけど」

「みんぽう？　みんぽう、とは……？」

どうやら彼は「民放」という言葉を知らないらしい。

「民間放送局だよ」

「民間の放送局？　まさか……しかも佐賀に？」

少年は目を白黒させて驚いている。

「あのう。それと真夏なのに、随分こちらは涼しいですね」

「え？……冷房入ってますから」

放送局では、温度に敏感な放送機器を保護するために、年間を通してエアコンディショナーで室温が管理されている。夏の間はもちろん冷房だ。

「冷房？　冷房か、凄いな……」

少年は小さい声でしきりに感心している。

どうにも様子が変だ。見かけからして高校生だろうが、何故真夏に詰襟を着ているのか。そもそも夏休み期間中だし、部活や補習があったとしても、普通は半袖のカッターシャツではないだろうか。

「ねえ、君は？」

昇太の後ろからアンジェリカが聞いた。

少年は彼女を見て、あからさまに驚きの表情を浮かべた。

「髪が青い……！」

「青くて綺麗でしょ。君の名前は？」

「あ……失礼しました。川喜田三郎です」

少年は深々と頭を下げた。

「こっちはサケちゃんで、わたしはアンジェリカよ」

「アンジェリカさん？　道理でその髪の色。外国の方でいらっしゃいますか」

　三郎は自分なりに納得したような表情だったが、少女はすぐさま「違うよ」と否定した。

「生粋(きっすい)の佐賀んもんだし」

「そ、そうでありますか……」

　少年はこちらの回答のひとつひとつに、驚いたり戸惑ったりしている。その素朴(そぼく)な表情に、彼の実直な人柄が滲(にじ)み出ているような感じがした。

「君、ここで何してるの？　駄目よ、勝手に入っちゃ。部外者は立ち入り禁止」

　そういえば、確かにその通りだ。アンジェリカの言葉で、三郎少年の顔が耳まで真っ赤になった。

「あ……す、すみません！」

「それにここは、土足禁止なの」

「え⁉　あ、それは失礼しました！」

　少年は慌てて革靴を脱ぎ、両手に持った。随分と年季が入った靴だな、と昇太は思った。よく見ると学ランも古びていて、ほころびているところもある。

「ぼ……いえ、私はすぐ出ていきますので！　あの、すみません。それで、出口はどこでしょうか？」

「出入り口を知らないの？　変な話ね」

　胸の前に手を組んだアンジェリカが言った。

「あたしきょう最後に帰るときに、鍵は全部ちゃんと締めたし、無理に局に入ろうとしたら警報器が鳴る筈なんだけど……三郎くん、君はいつ、どこからここに入ったの？」

「それが……気がついたら、ここに立っていたんです」

　極めて実直そうな少年は、申し訳なさそうに言った。

「はい？」

「何故自分がここにいるのか、自分でも分からないのです。それに、自分が知っている佐賀駅には、ラジオ局はありませんでしたし……あの、失礼ですが、ここは本当に佐賀なんでしょうか？」

　嘘をついているようにも、冗談を言っているようにも見えなかった。

　――まさか……記憶喪失とか？

「あるいはこれは、夢でしょうか？　私は今、夢を見ているのでしょうか。私自身が、今は通っていない学校の制服をいつの間にか着ておりますし……これが夢ならば理解しやすいのですが」

　少年は心細そうに、小さい声で言った。

「そもそも、このようなモダンな建築が佐賀にあるなんて、聞いたことも無い。東京ならまだしも、九州の田舎の佐賀に存在する筈がありません」

　アンジェリカを眩しげに一瞥し、

「それに……アンジェリカさんのような美しい方が、着物ではなく、華美な薄手の洋服をお召しになっているというのも、本土決戦が噂される戦時下におきましては、およそあり得ないことです。まるで戦前の、華やかな時代に戻ったかのようでもある……」

　——え⁉

　昇太とアンジェリカの顔色が変わったが、少年は気づかずに続けた。

「そうなりますと、やはりこれは夢に違いないのです。いや、まさかもうすでに私は死んでいて、ここは天国なのかもしれない。むしろ天国ならば、この心地好い空気も、さもありなん……」

　三郎は深々と頷きながら呟いたが、昇太とアンジェリカは「いやいやいや！」と同時に声を発した。

「ちょっと三郎くん？　ツッコミどころ多過ぎで、あたしもサケちゃんも困っちゃうんだけど……君は心身ともに健康そうな男の子だし、凄く性格も良さそうだから、君の言うことを基本的には信じたいんだけど。でも、ひとつ質問に答えてもらってもいいかな」

「はい。どういうことでしょうか？」

少年は利発そうな眼差しで応じた。

「今年は何年？」

「え……」

少年は『おかしなことを聞くなあ』と戸惑った様子で答えた。

「もちろん、皇紀二六〇五年であります」

その回答に、昇太は全身の皮膚が粟立った。

アンジェリカは質問を続ける。

「あのね。君いま、皇紀二六〇五年って言ってたけど、それって昔の、日本独自の紀元だよね？　それは西暦何年？」

「西暦、でありますか」

少年は再び訝しげな表情を浮かべた。

「それは……皇紀から六百六十引く訳ですから、西暦だと今年は一九四五年、昭和二十年です」

「わ。計算早っ！」

アンジェは目を見開いて感心した。

「あたし、そんなに早く引き算出来ないわ。基本、計算は電卓使うし。いまどうやって暗算したの？」

「いや！　感心するとこ、そこじゃないでしょ⁉」

昇太は大急ぎで突っ込んだが、三郎少年は「それはですね」と、アンジェの質問に淡々と答えた。

「いきなり六百六十を引くのではなく、六百と六十を分けて考えるのです。まず二六〇五から六百を引くと二〇〇五。次に二〇〇五から六十を引くと、計算しやすいのです」

「なるほどねぇ。計算が早い人ってそういうふうに考えてるんだ」

「はい」

少年は姿勢を正したまま、実直に頷いた。

「数学は得意科目です。アンジェリカさんも、ぜひ今度、やってみてください」

「説明ありがとう」

アンジェリカは親指を突き出し、サムズアップした。

「いやいやいや」と昇太が少女の親指を押しのけ、

「ここは引き算の仕方を聞く場面じゃないでしょ⁉　ていうか、三郎くんも真面目に答えないのっ！」

「はあ、申し訳ございません」

　少年が素直に頭を下げるのを見ながら、昇太は立ち眩みしそうな気分だった。

　――めっちゃイイ奴で、しかも天然だ……。

「いいですか、アンジェさん？　三郎くんは、今年が一九四五年、昭和二十年だって言ってるんですよ？　この生真面目な、嘘なんか絶対つかないような真面目な少年が」

「あーねー」

　少女は頷いた。

「それが何を意味するのか……」

「何を意味するの？」

　少し笑みを含んだ眼差しで見返してくる。

　――あ。アンジェさん、この異常な状況を愉しんでる……。

　やっぱりというか、流石というか。

「それは……」

　昇太は息を呑んだ。

　とてもアンジェリカのように愉しんではいられない。

　この数か月でいくつかの怪奇現象を体験したが、今回のケースはあまりにも突飛過ぎる。というか、ジャンルが違う。つまり、ホラーとSFである。

とはいえジャンルは違っても、このラジオ局では実際に起こってしまいそうなところがまた、大変始末が悪いというか何というか。

「いいですか、アンジェさん。一九四五年というと、今から七十九年前ですよ？」

「サケちゃんも暗算早いねえ」

アンジェリカの表情が尊敬に変わった。

「どうやって暗算を？」

「いや、そこはもう感心しなくていいから！　話が進まずに戻っちゃうから！　つまり彼は……」

「うん、彼は？」

アンジェはうずうずした表情で聞いた。

「すみません。ちょっと待ってください」

会話に三郎少年が割り込んできた。

「先ほどからお話を伺（うかが）っておりますと……おふたりは、今が一九四五年の七十九年後。つまり、西暦二〇二四年だと仰（おつしや）るのですか？」

「三郎くん、やっぱ計算早っ！」

「もうアンジェさんは黙っててよ」

「ぶー」

少女は頬っぺたを膨らませて見せた。

「この状況で、緊張感無さ過ぎでしょ⁉」

「なによ！　自分だってさっきは『どんなことがあっても平常心』とか言いながら、ニヤニヤしてたくせに」

「え？　俺、口に出してた⁉」

マジで恥ずかしい。

「あのう……つまりここは今、西暦二〇二四年だというのでしょうか？」

三郎少年が、痺れを切らしたかのように同じことを聞いてくる。

昇太が意を決し、「うん、そうだよ」と頷いた。

「凄い」

少年がキラキラした目で言った。

「では私は今、二十一世紀の未来に来ているのですね！」

あまりの荒唐無稽さに昇太が言い淀んでいたことを、当の本人があっさりと口にし、たちまち受け入れてしまった。

「いやまあ、君が本当に一九四五年、昭和二十年から来たなら、そういうことになるのかもしれないけど。でも、いくらなんでも……」

と言いつつ、昇太とアンジェリカは内心、三郎少年の存在をもう認め始めていた。やはり予想外の、想像以上の出来事が不意に起こってしまうのが、この不思議なラジオ局ということなのだろう。

「ていうか三郎くん、君、凄く順応力高いね？」

「はい。実のところ私は、これが夢でも、死んだ後の天国でも構いません。何故なら私は、かねて海野十三先生の空想科学小説を愛読していましたので！　未来世界には大変な憧れがありましたし、時間旅行が実現したらどんなにいいだろう、とずっと考えておりました！」

昇太もアンジェリカも知らなかったが、海野十三は『日本におけるSF小説の始祖』と評される作家らしい。昭和初期から、宇宙戦争や未来世界、原子力、人造人間などをモチーフとした数多くのSF作品を残したということだ。

――昭和の初めに、凄い小説家が日本にいたんだなあ。

昇太は感嘆した。

一体どれだけ想像の翼を広げたら、まだジェット機も飛んでいない時代に、宇宙戦争のストーリーを書くことが出来たのだろうか。しかも極東の日本で。きっと異能としか言いようがない才能の持ち主だったに違いない。

しかし三郎は、海野十三の小説にのめり込んだおかげで、未来世界に来ても混乱せずに済んでいる。まさに彼は、偉大なSF作家のDNAを継いでいるということなのだろう。

「三郎くんは昭和何年生まれなの？」と、アンジェリカが聞いた。

「昭和四年生まれです」

「いま何歳？」

「十七歳です」

きっちりと背筋を伸ばしたまま答える。

「へー。やっぱ若いんだねえ」と言いつつ、アンジェが「あれ？」と首を傾げた。

「計算が合わなくない？　昭和四年生まれの人は、昭和二十年だと、誕生日が来てもまだ十六歳なんじゃないの？」

「お！　アンジェさん、今回は計算早いですねえ」

「ふふん。あたしは二桁までなら、超絶的な計算スピードを誇るのよ！」

昇太が「それはそれは」と慇懃に返すと、アンジェリカはドヤ顔で「おほほほほっ！」と高笑いをし、すぐに「バカにすんな！」と突っ込んだ。

二人の間ではお約束のトークだが、ディレクターの蓮池陽一は「お約束でいいんだ。お馬鹿な会話を日常的に重ねることが、本番に生きてくるんだよ」とよく言っている。

『だって普段の会話が面白くない人が、オンエアで面白いことを言える訳ないじゃないか。喋り手になりたい人は、毎日が修業の連続だ。見方を変えると、ただ生きているだけでも、トークの練習が出来るっていうことなんだよね』

陽一が語る言葉はいつも的を射ており、含蓄（がんちく）がある。見た目は二十代後半だが、時折五十代くらいのベテランに見えることもあるほどだ。

――そういえば陽一さんって、何歳なんだろう。

どんな努力をすれば、あの若さで、あれだけの幅広い知識と落ち着き、とっさの判断力を身に付けられるのか知りたい。昇太にとって、ディレクター・蓮池陽一は、いつの間にか憧れの存在になっていたのだった。

――今度、陽一さんに聞いてみよう。

「あのう、お話し中に恐れ入りますが」

遠慮がちに三郎が会話に入ってきた。

「なんだい？」

「私は嘘偽りなく、昭和四年十一月二日生まれの十七歳で、間違いないのです」

「そうなの？　まあ、君は嘘なんかをつく子には見えないしねえ」とアンジェリカ。

「あ、そうか！」と昇太が手を叩いた。

「数え年だ。昔の日本人は生まれたときが一歳で、その後は誕生日に関係なく、全員がお正月にひとつずつ歳を取っていたから、今の年齢の数え方よりも歳を取るのが早いんだよ」

「へええ。そうなんだ」

「昔かどうかは分かりませんが、その通りです」

三郎が頷いた。

「じゃあ君は、現代風に数えると十五歳。誕生日が来たら十六歳なんだね」

今なら高校一年生だ。

「なるほど……二十一世紀は、欧米式の年齢を採用しているのですね。やはり国際化によるものでしょうか」

少年はいちいち感心している。

「おふたりはおいくつなんですか?」

「あたしは今年二十一歳で、このメガネが二十二歳よ」

「このメガネって言うな」

「おふたりは大変仲がよろしいのですね」

三郎が白い歯を見せて笑った。

「あー。仲が良いっていうか、あたしたち、ラジオで一緒に番組やってるから。仕方なく、みたいな」

「仕方なくだったの⁉」

昇太は唖然として見せたが、三郎は合点がいったように頷いた。

「なるほど。おふたりは芸人さんなのですね。だから、アンジェリカさんだったり、サケちゃんさんだったり、そういう芸名をつけておられる」

「うん……まあ、そんな感じかな」

アンジェリカは「いや、あたしは本名なんだけど」と言おうとしたが、昭和四年生まれの少年にキラキラネームを説明するのは難しいと考え直し、説明するのを止めたのだった。

「ねえ三郎くん、外を見てみたい？」

アンジェリカが聞くと、少年は目を輝かせた。

「是非、お願いいたします！」

「こっちにおいでよ」

彼女はスタジオサブに上がってきた三郎の肩越しに、駅前広場を指差した。

「何と明るい……！」

「ほら、あの青い看板」

「うわあ！　あれは佐賀新聞だ！」

彼は歓声を上げ、目の前にそびえ立つビルと屋上に青く光る新聞社の看板を仰（あお）いだ。ついさっきプロペラ機がぶつかった筈の看板はどこも壊れておらず、いつもと変わりなく静かな光を湛（たた）えている。

「なんと美しく静謐（せいひつ）な青い光。白い街灯に照らし出されたコンクリートの高層建築……なるほど、灯火管制も無い。ここは確かに、私が知っている佐賀駅とは違う。これが二十一世紀の佐賀、戦争が終わった世界なのですね？」

「そうね。もう七十九年間、日本は戦争をしていないわ」

「七十九年……では戦争は、一九四五年に終わったということですか⁉」

「そうよ。来年が戦後八十年なの」

「そうでしたか……」

少年は感無量の顔をしていた。

その透明な瞳を横から見ながら、昇太は陽一の言葉をもうひとつ思い出した。

『この世に偶然は無い。ひとつひとつの出来事には、必ず意味があるんだよ』

川喜田三郎というSF小説ファンの少年は、何故今夜、昭和二十年の世界から令和六年のラジオ局に姿を現したのだろうか。そこにどんな意味があるのか。

「日本は一九四五年から、そんなに長い間、戦争をしていないのですね……」

少年は噛みしめるように言った。

「明治以来、我が国は日清、日露、第一次世界大戦、第二次世界大戦と、ずっと世界の列強相手に戦ってきました……なのに、第二次大戦以降、戦争が七十九年間も起こっていないだなんて。ひょっとしてそれは人類史上、稀にみることではないでしょうか？　なんと素晴らしいことか……」

少し涙ぐんだ目を、ズボンのポケットからハンカチを出して拭った。

「ついに日本は、いや地球は、争いの連鎖を超越したのですね。流石は未来世界、流石は二十一世紀だ……！」

昇太たちは、三郎になんと説明すれば良いのか分からなかった。

「ところで、でありますが」

「何？」

「空飛ぶ車や鉄道はどこですか？」

少年はハンカチをしまい、ワクワクした顔で尋ねた。

「は……？」

「私が読んでいた空想科学小説では、未来世界は林のように建ち並んだ高層建築の間を、高速移動用の透明なチューブが走っていたり、道路それ自体が動くような仕掛けも登場したりしていました。今見たところ、確かにこの辺りは背の高いビルディングがいくつか建っています。私のいた佐賀には無かったものです。しかし透明チューブは見当たらないですね。では、空飛ぶ車はどこにありますか？」

少年の真っすぐな瞳がひたすらに眩しい。

「いや、それが……空飛ぶ車はまだ無いんだよね……」

昇太は気まずそうに答えた。

「え。二十一世紀だというのに？」

三郎少年の落胆ぶりに、昇太は申し訳ない気持ちになった。

「うん。実験段階では成功してるっていうか……一部のお金持ちとか、裕福な国なんかは、人も乗れる大きなドローンをもう持ってるみたいだけど、一般にはまだ普及してないよ」

「ドローン？　それが空飛ぶ車のことですか？」

またもや知らない単語だったようだ。

「いや、空飛ぶ車とイコールではないんだけど……なんて言えばいいんだろ。ちょっと説明が難しいなあ」

昇太は、小型ドローンをそのまま大きくしたような形の乗用ドローンを、ネットで見たことがあった。しかし、そもそもドローン自体をどのように説明すれば良いのだろうか。

「その、ドローンという機械の動力は、ジェットエンジン、それともロケットエンジン？　あるいは原子力エンジンですか？」

「え……動力っていうか、俺が知ってるのは、プロペラで飛んでるやつだけど」

「二十一世紀なのに、プロペラなのですか？」

　少年は心底意外そうな顔をした。

　確かにプロペラは、第二次世界大戦どころか第一次大戦には戦闘機の動力として実用化されていた訳で、二十一世紀になっても現役であることに三郎が違和感を覚えるのは、当然かもしれない。

「でも燃料はガソリンじゃなくて、一応バッテリーだけど……」

　追加の説明が、何だか言い訳がましくなってしまう。

「バッテリー？　電力でしたか……いずれにしろ空飛ぶ車は、あることはあるのですね」

　三郎は少しだけ腑(ふ)に落ちたような顔をした。

「では、月世界旅行はどうですか？　宇宙戦争は？　火星や金星への移住計画は？」

　矢継(やつ)ぎ早(ばや)の質問に、昇太は面食らった。

「え？　宇宙開発は、じわじわ進んでるけど……やっぱり一般の人が自由に宇宙旅行に行ける段階じゃないよ。それと『宇宙戦争』って言われても、人類はまだ地球外生命体と出会っていないから、戦争する相手もいないし……第一、月までは宇宙飛行士が行ってるけど、火星や金星にはまだ行けてないんだよね」

「……でも、月には行ったのですね？」

「うん」

少年の目が少しだけ輝いたので、昇太はほっとした。

「月には、いつ到達しましたか？」

「確か一九六九年の、アメリカのアポロ十一号だったかな。第二次世界大戦が終わった二十四年後になるよね。月面からのテレビ中継もあったらしいよ」

この辺りは、雑学王・花音の受け売りだ。月面着陸をテーマにした映画も、昇太の部屋で一緒に観た。

「テレビ中継⁉　月世界からですか⁉　それは素晴らしい！」

三郎は再び興奮した様子だ。

「でもですよ」

少年は昇太を見上げた。

「初めて人類が月に到達してから五十年以上も経っているのに、その後、宇宙開発があまり進んでいない理由は、何なのですか？」

「え、それは」

言われてみるともっともな疑問だが、昇太自身はこれまで考えたこともなかったので、すっかり困ってしまった。

「第二次大戦後の一時期、アメリカとソビエトが宇宙ロケット開発競争をして、かなり白熱したようなんだけど……結局、お金がかかり過ぎる割には、あんまり意味が無かったのかなあ。ごめん、正直俺もよく分からない」

「ふむ……あ、それと！」

少年の眼が輝いた。

「ロボットは？　ロボットは実用化されていますか？」

「ロボットって？」

「人間そっくりにふるまうロボット。人造人間です」

昇太の脳裏(のうり)に、ファミリーレストランで注文した料理を運んでくるロボットが浮かんだ。お客さんにちょっと喋りかけたり、ＬＥＤで猫っぽい表情を作ったりして、なかなか可愛らしい。だけどあれは車輪で走ってくるし、あくまで運ぶだけで、料理の配膳(はいぜん)までしてくれる訳でもない。三郎少年が期待している人型ロボットとは、かなり違う気がする。

「ごめんね。人間そっくりのロボットも、まだ実用化はされてないんだ」

「そうですか。人造人間も……」

気がした。
少々憮然(ぶぜん)とした雰囲気の少年に、昇太は全人類を代表して責められているような
——ごめんよ。本当にごめんよ……。君が夢見ていたよりも、かなり地味な二十一世紀だったみたい
で、本当にごめんよ……。
二十世紀に書かれたSF小説や漫画、アニメに出てきた「想像上の二十一世紀」
の方が、「現実の二十一世紀」よりも遥(はる)かに未来的だったというのは、昭和世代の
人からよく聞く話だ。しかし、見るからにがっかりしている昭和初期の少年を目の
前にすると、本当に申し訳ない気持ちでいっぱいになってしまった。
「ま、三郎少年。そんなに落ち込まないの！」
アンジェリカが唐突に声をかけ、三郎の肩を叩いた。初心(うぶ)な彼は、それだけで顔
が真っ赤になった。
「科学の進歩っていうのは、なかなか思った通りには進まないもんだよ。でも、意
外な方向にどどーっと発展することもあるの。これをごらん」
アンジェは、自分のスマホを少年の前に差し出した。
猫好きな彼女のスマホは、六匹の飼い猫たちが待ち受け画面になっている。
「うわあ！　これは、総天然色の写真！　しかも全体が光っている！　なんと美し
い……」

三郎はスマホの待ち受け画面を見て、感嘆の声を上げた。

「これだけじゃないわよ」

アンジェは写真アプリを開き、趣味の猫写真を何十枚も少年に見せた。

「凄いや！　二十一世紀では、こんなに綺麗な写真を、いくらでも持ち歩くことが出来るのですね？」

「まだまだ」

続いて少女が飼い猫の動画を見せると、三郎は卒倒しそうなほど驚いた。

「ええっ⁉　総天然色の活動写真⁉　猫の声まで聞こえる！　しかもこの大きさで活動だなんて……映写機はどこに入ってるんだろう。音はどこから？　アンジェリカさん、これは一体、どんな仕組みなのですか⁉」

少女は微笑んだ。

「これには映写機なんか入ってなくて、この板自体が光っているの。それに映画みたいに特別なものじゃなくて、誰でも、好きなときに撮影出来るのよ。このスマホさえあればね」

「スマホ……」

少年は驚嘆の眼差しで、手のひらサイズの光る板を見つめた。

「ていうかこれ、本来は電話なんだよね」

「電話⁉　こんなに小さいものが？　どこにも電線が繋がっていないし……まさか無線でありますか⁉」

アンジェはスマホをスピーカーモードにすると、一一七番を指先でダイヤルした。

『午前、零時、七分、ちょうどを、お知らせします……』

女性の声がひたすら時刻を告げるのを聞きながら、三郎少年は何度も頷（うなず）いている。

はたから見ているとなかなかシュールな光景だが、少年が夢中になっている様子に昇太は深い感動を覚え、なんだか目に涙が滲んでしまった。

「これでラジオも聴けるの」

「ラジオも⁉」

「ｒａｄｉｋｏって言うんだけどね」

「〝ラジ子〟でありますか！　なるほど」

ラジオの子どもでラジ子だと思ってるんだろうなあ、と昇太は推察した。

「あたしのスマホは出来ないけど、テレビを見れる機種もあるよ」

「テレビを見れるというのは……？」

「ラジオ番組みたいな感じで、テレビ番組もあるの」

「凄い、まるで魔術みたいだ……！」

『十分に発達した科学技術は、魔法と見分けがつかない』というのは誰の言葉だったろうか。雑学王の花音だったら、きっと即答したに違いない。

「三郎くん。現代の科学っていうのはこんな感じで、派手な発展はそれほどなかったけれど、生活に密着したところではしっかりと進歩しているの」

「なるほどであります」

　少年はしみじみと頷いた。

「つまり二十一世紀は平和な世界であるが故に、科学技術も戦争や競争にまつわるものではなく、その〝スマホ〟が象徴するように、人々の生活に根差した分野で細やかに進歩しているのだと理解しました」

「うん。まあ、カッコ良く言うとそんな感じ」

　三郎は、自分の脇にある事務机の天板を撫でながら言った。

「私が思うに、スマホだけではありません。私は工業学校に通っていましたから、このラジオ局にある全ての工業製品が、一見して驚くべき精度で作られていることがわかります。

　例えばこの机や椅子にしたって、形に全く歪みが無く精巧で、部品と部品の間には少しの隙間もありません。髪の毛一本も入らないほどでしょう。私がいた昭和二十年の技術では、なかなか難しいことです。流石は、二十一世紀の工業技術と言えましょう」

昇太は逆に、少年の目の付け所に感心した。まさかオフィスの机や椅子に二十一世紀的な要素が感じられるなんて、想像すらしていなかった。

「それもこれも、やはり一九四五年に日本が太平洋戦争に勝利し、戦争を終わらせたから、ということでありますね。もしも負けていたならば、憎き米英からすべてをむしり取られ踏みにじられ、これほどの発展はあり得なかったに相違ありません」

――え？

昇太とアンジェリカは、顔を見合わせた。

「私たち帝国軍人が前線で戦い……いや、国民総動員で鬼畜米英に立ち向かい……空襲で家族や友人を奪われ、血の涙を流し、多大な被害を被(こうむ)った上での大きな戦果、偉大なる成果がこの七十九年後の美しい日本だと考えると、大きく報われたような気がいたします」

少年は頬を上気させて言った。

「これならば命は惜しくない。いえ、生命は繋がり、やがて我が大日本帝国は目を見張る発展を遂げたのだと。私はそれを知って大きな励み、大きな自信となりました」

　少年は晴れやかな顔で言った。

「これで、心置きなく特攻に行くことが出来ます。たとえこれが夢だとしても、感謝に堪えません。おふたりさま、今夜は本当にありがとうございました」

　改めて姿勢を正し、敬礼をする。

「いやいやいや！」

　昇太とアンジェリカは同時に突っ込んだ。

「三郎くん、神風特攻隊の隊員なの⁉」

「はい。私は、正確には海軍飛行予科練習生、予科練でありますが、鹿児島の鹿屋(かのや)航空基地で日々飛行訓練に励んでおります。世界に誇る名機零戦に跨(また)がって敵空母に襲い掛かり、ひとりでも多くの米兵を道連れにする覚悟であります」

　少年は力強く答えた。

「どうして特攻隊に？　怖くないの？」

　アンジェリカが少し震える声で聞いた。

「いえ、怖くなどありません」

　彼は即答した。

「残念ながら、大日本帝国は現在劣勢にあり、戦況は大変厳しい局面にあります。

このままだと、近いうちに本土決戦になるでしょう。もしも野蛮な米兵が九州に上陸したならば、男は皆殺し、女は凌辱(りょうじょく)された末にやはり殺されると聞きました。だから私は、母や妹たちを守るために、迷わず特攻に志願したのです。恐怖など微塵(みじん)もありません」

三郎は荒ぶる気持ちを抑えるかのように、努めて穏やかに話した。しかし逆に、話すことで自らの気持ちを奮い立たせようとしているようにも見えた。

「三郎くんは凄いね……」

アンジェが呟いた。

「恐れ入ります。しかし帝国軍人なら、誰もがそう答えます」

「でも、負けるんだよ」

「……え？」

少年はきょとんとした顔で見返した。

「日本は、一九四五年八月十五日に、無条件降伏するの」

「そんな馬鹿な」

三郎は咎(とが)めるような目でアンジェリカを見た。

「二十一世紀の日本は、こんなにも繁栄しているではないですか。夜景が美しい街並みも、冷房も、スマホだってある。これは、日本が大東亜戦争に勝ったからこその発展ではないのですか？」

「違うの」

アンジェリカは、少し強い口調で否定した。

「日本はアメリカに完膚なきまでに叩きのめされたの。でも空襲で焼けた野原から、ゼロからやり直して、ここまで発展したの。私は戦争を知らない世代だけど、学校でそう習ったわ」

「そんなまさか……日本が負けてしまうなんて、いくらなんでも信じられません」

三郎は助けを求めるように昇太を見た。

昇太は少年の視線に耐えられずに、ただうつむいた。

「本当に……？」

少年はよろけて、机の上に手をついた。机に載っていた書類や本が、バサバサと音を立てて落ちた。

「信じられません」

「三郎くんやお友だちが、家族や日本のために一生懸命戦ったのは、その気持ちは尊いことだと思うけれど、日本は負けてしまうのよ」

「日本が負ける？　じゃあ、僕らは一体何の為に戦って……？」

彼の目は正面を見ていたが、その瞳には昇太やアンジェリカは映っていないようだった。

「僕はまだ順番が来ていないけれど……僕の仲間は、もう、何人か飛び立ちました。

基地が米軍機に襲われ、機銃掃射で腕が吹き飛んだ友人もいます。米軍機の奴ら、低空飛行をして、丸腰の僕らを遊びで撃ってきたんです。僕は、操縦士の顔が笑っているのを見た……」

少年は見る間に顔が青白くなり、ぶるぶると震え出した。

「あいつらが憎いです。あの操縦士を見つけ出して、なぶり殺しにしてやりたい。特攻で道連れに出来るなら、本望なんです！

でも……日本は負けてしまうのですか？　アメリカに蹂躙されたまま、戦争は終わってしまうと言うのですか？」

「そうよ」

アンジェリカはきっぱりと言った。

「日本は、もともと勝てる筈のない戦いを始めた。そして結局、負けてしまうの」

「そんな……嘘だ。嘘ですよね？」

「嘘じゃないわ」

「じゃあ、僕らは一体、何の為に戦って……」

　先ほどと同じ言葉を繰り返しながら、三郎の視線は宙を泳ぐように動いた。アンジェと昇太には、彼の動揺が手に取るように分かった。

「予科練の仲間たちは、優秀で高潔な者たちばかりです。皆、国や家族を守るために、特攻を志願しました。皆、立派に飛び立って行きました。僕は、小さくなって行く飛行機たちに手を振りながら、次は自分だといつも思っていました。でも、本当に日本が負けてしまうのなら、僕らは、仲間たちは何のために……」

「三郎くん」

　アンジェリカが少年の名前を呼び、彼はゆっくりと顔を向けた。

「あなたの今日は、何月何日？」

「え……」

　少年は質問の意味が分からなかったのか、一瞬ぼんやりとした表情を浮かべ、やがて口を開いた。

「先ほど、八月十五日に、なったばかりです」

「やっぱり、こちらの日付や時間とシンクロをしているのね。ということは」

　アンジェリカは昇太と目を合わせた。

「あと何時間かで夜が明けて、正午に昭和天皇の玉音放送がラジオで始まれば、戦争が終わるわ」

「……陛下(へいか)の玉音放送？」

「そう」

　アンジェが頷いた。

「三郎くん。あなたの苦悩は、私たち平和な時代の人間には計り知れない。おいそれと『分かる』なんて言えない。でも、ただひとつ言えるのは……私たちはあなたに死んでほしくないということなの」

「そうだよ三郎くん。君の来た一九四五年では、もうすぐ戦争が終わるんだ。特攻なんか……いや、ごめんなさい」

　言い方に注意しながら、昇太も同意した。

「きょう八月十五日は、今では終戦記念日になったんだよ。君はもう特攻をしなくていい。命を捨てる必要が無いんだ」

「……駄目です」

　少年は震えながら顔を横に振った。

「僕の友人たちは、もう死んだんです。僕だけ生き残るなんて、許されないです」

「でも」

「駄目なんです！　あなた方は何にも分かっていない！」

　三郎の叫びとともに、ラジオ局の中を突風が吹いた。机の上の書類が舞い上がり、吹き飛ばされていく。

「もう、遅いんだ……！」

少年はいつの間にか、黒い学生服ではなく、緑褐色（りょくかっしょく）の飛行服を着ていた。

――ああ、そうか。

三郎の叫び声を聞いて、昇太はようやく気がついた。

――さっき飛行機が突っ込んできて、気を失う間際に聞こえた「大丈夫ですか」

という声は、三郎くんだったんだ。

「僕にはもう、特攻しか残されていないんです」

風が吹きすさぶ中、少年は言った。

「そんなことない！」

アンジェリカが叫んだ。

「死んじゃ駄目！　生きてさえいたら、そのうち何とかなるから！　ご家族だって、三郎くんが無事に戻ってくるのを待ってる筈よ！」

「待ってなんかいません」

少年は目に涙を溜めて言った。

「僕は進学と疎開（そかい）で家族と離れて、佐賀の親戚（しんせき）を頼って移り住み、学校に通っていたけれど……父と母と、まだ幼い妹たちは、長崎に残してきたんです」

「長崎って……」

「長崎の街は六日前、八月九日に、アメリカの新型爆弾で全滅したと聞きました」

突如、三郎の背後が真っ暗な空間となり、閃光が走った。しばらくして、遥か遠くで巨大なキノコ雲が立ち上がり、地響きのような爆発音が遅れて届いた。

「とてつもない威力で、長崎の街も人も、すべて焼かれ薙ぎ払われたと……僕の家は、長崎市の中心部にあります。新型爆弾の威力を聞く限りでは、とても助からない。そして軍人の僕には、家族の骨を拾いに行くことすら出来ないんです！」

ラジオ局内を暴風が駆け巡り、轟々と風音が鳴る中、少年は叫ぶように話した。

「僕を待っている人は、もう誰もいません……父も、母も、幼い妹たちも。全部、アメリカに奪われました。僕は、奴らが憎い。絶対に殺して、殺して、皆殺しにしてやるんです！」

三郎は大声で一息に喋ると、肩で息をしながら言った。

「奴らを殺せるのなら、命など惜しくはありません。いや、もう命なんかいらないんだ。もう守るべき家族もいないんだから」

先ほどまでの温厚な表情とは打って変わり、眉がつり上がって、目が血走っていた。少年の気持ちに同調するかのように、ラジオ局内を荒れ狂う風は勢いを増し、昇太とアンジェリカは真っすぐ立っているのが難しいほどだった。

「三郎くん、これを見てくれ」

昇太が強い風に必死で抗いながら、スマホの画面を少年に見せた。お気に入りのホーム画面は、花音と旅行したときに撮影した、夜景の写真だ。

「……それは？」

少年の目が画面に吸い込まれた。

「いまの長崎市の夜景だよ。稲佐山の頂上から撮ったんだ」

「美しい……まるでおとぎ話の宝石箱のようだ」

「長崎の夜景は有名で、世界中から観光客が来るんだよ」

「世界中から……」

三郎の興味が夜景に移り、荒々しい感情が収まったせいか、局内の風が少し弱まった。

「稲佐山には戦後にロープウェーが出来て、ふもとの神社から頂上まで登れるんだ。頂上にはテレビ局やラジオ局の電波塔があって、展望台もある。お土産屋さんやレストランもあるよ」

「稲佐山がそんなことに……？」

少年は率直に驚いていた。元の穏やかな表情に戻っている。

かつて長崎市のランドマークと言えば彦山という別の山で、江戸時代のオランダ船などは、彦山を目印に入港していたらしい――と、花音が言っていた。恐らく三郎が暮らした時代の稲佐山は、観光名所になるようなイメージではなかったのだろう。

「展望台からは長崎港も見えて、海外から全長三百メートルを超える豪華客船が毎日のように来るんだ」

「三百メートルを超える？　イギリスのクイーン・エリザベス号よりも大きい客船があるのですか？」

三郎の表情に、さっきまでのワクワクした雰囲気が戻りつつあった。

「僕が見たときは、三百四十八メートルの客船が停泊してたよ」

「三百四十八メートル！　どこの国の船でありますか？」

「アメリカの船会社だったかなあ。世界最大級って聞いたけど……でもね、戦艦武蔵（むさし）を造った長崎の造船ドックでも、戦後は巨大な客船を何隻も造ったんだ。有名な話だよ」

「そうなんですか……！」

昇太は、スマホの写真フォルダから、長崎港で撮影した客船の写真を何枚か三郎に見せた。

「なんと美しい……船もですが、長崎港も、長崎の街並みもとても綺麗だ」

少年はしみじみと見とれていた。

「三郎くん。確かに長崎の街は原子爆弾で大変な被害を受けたけれど、今はこんなに美しい街になっている。戦後の劇的な復興ぶりは、世界中の人を驚かせたらしい。そしてそれを成し遂げたのは、戦争に生き残った人たちなんだ」

俺……今、凄く偉そうなことを言っている――と、昇太は思った。

借り物の知識で分かったようなことを言っているけれど、自分なんか、親のすねかじりでのんびり大学まで通わせてもらって、これまで何の努力も苦労もしていない。就職先だってまだ決まっていない。数えの十七歳で死を覚悟した三郎とは、大違いだ。正直、恥ずかしくてたまらない。だけど今は、目の前の彼を説得し、特攻を止めさせなければ――と心を決めた。

「君が今するべきことは、特攻じゃない。戦争が終わった後、滅茶滅茶になった日本の復興に汗を流すべきだと思う」

三郎少年は、はっとした表情で昇太を見返した。

「復興に……?」

「そうだよ」

昇太は大きく頷いた。

「きっと君みたいに、工業系の学校に通っていた人の力が、戦後の復興には特に必要なんじゃないかな」

「それに……」

アンジェリカが口を開いた。

「特攻でアメリカ兵を何人殺しても、あなたの大切な人はもう帰ってこないわ。今度は、殺された人たちの家族を苦しめるだけ」

「そんなこと……！」

三郎にとって、あまりにも酷な言葉だった。

「それを言ったら、そもそも、戦争なんか……！」

見る見るうちに涙が溢れ、幾筋も零れ落ちた。飛行服姿の彼は両手で頭を抱え、声を上げて泣いた。

風は収まっていたが、少年の嗚咽で空気が震えた。昇太とアンジェリカにも強い悲しみの波動が伝わり、ふたりとも涙が止まらなくなった。

「三郎くん……」

アンジェが洟をすすりながら口を開く。

「さっきから偉そうなことを言って、本当にごめん。でも、どうしても君に死んでほしくなくて……」

「……ありがとうございます」

少年は目を閉じ、涙を流しながら言った。

「おふたりが私のことを思って仰っているのは、よく分かります」

「じゃあ」

彼はかぶりを振った。

「でも、もう遅いんです」

再び風が吹き始め、今度は飛行機のプロペラが回る音も聞こえてきた。

三郎は目を開け、昇太とアンジェリカを見た。

「広島と長崎に落ちた新型爆弾の情報を受け、少しでも敵の戦力を削ぐために、上官にも秘密裏に反撃の機会をうかがっておりましたが……いよいよ今夜、特別攻撃隊有志で基地を飛び立ちました。太平洋上で敵艦隊を発見し、今まさに特攻をしているところです」

「え……」

「僕がここに来ることが出来たのは、神の計らいなのか、あるいは死ぬ間際に見る走馬灯のようなものなのか……それは分かりませんが、何しろ、おふたりに会えたこと、そして二十一世紀の未来を垣間見ることが出来たのは、まさに望外の喜びでありました」

少年は泣きながら微笑んだ。

「出来ることなら、僕も生き延びて、日本の復興に立ち会いたかった。美しく生まれ変わった佐賀や長崎で暮らしてみたかった。おふたりのラジオも聴いてみたかった。しかしそれも叶いません。もうお別れの時間のようです」

三郎は敬礼をした。

「ごきげんよう。どうかご自愛ください！」

「三郎くん！」

昇太とアンジェリカは同時に叫んだが、プロペラとエンジンの爆音とともに猛烈な風が巻き起こり、ふたりは懸命に目を閉じて耳を塞（ふさ）いだ。

風が収まり、目を開けると、ラジオ局は何事も無かったかのように静まり返っていて、三郎少年の姿はどこにも見当たらなかった。


五日後――。

夜空には銀盤のような満月が現れ、透明な白い光を地上に投げかけている。

月に一度のラジオ番組「ミッドナイト☆レディオステーション・イン・ＳＡＧＡ！」が始まっていたが、今夜は最初のコマーシャルタイムに入るなり、天井の電気が消えた。

やがてファックスのような機械音とともに、Ａ４判のコピー用紙が舞い降りてくる。死者からのメッセージだ。

アンジェリカがいつものように、青白く光る紙を空中で捕まえた。ちらりと内容に目を通し、昇太と目を合わせて頷く。

ふたりには予感があった。

――きっと三郎くんは、番組にメッセージを送ってくる……。

『そのファックス、君たちが話していた予科練の少年からかい？』

連絡システムのトーク・バックで、ディレクターの蓮池陽一がサブから聞いてくる。

――流石、陽一さんは勘が働くな。

「はい」とアンジェリカが短く答えた。

「陽一さん、コマーシャル明けに読んでもいいですか？」

『もちろんさ。好きにするといい』

アンジェリカに絶大な信頼を寄せる陽一らしい答えだった。

彼女は、メッセージの文面を裏側にして机の上に伏せた。

「三郎くんからのメッセージは、サケちゃんと一緒に読みたいから」

「ありがとう」

アンジェリカの気持ちが嬉しい。

「サケちゃん、暗くて陽一さんのキューが見えないから、間合いを計って喋り出しね。いつも通り明るく入るよ？」

「合点承知の助！」

「センス古過ぎ……」

すぐにコマーシャルが終わり、番組のジングルが流れた。

少女がファックス用紙を裏返して手に取ると、その青白い光で横顔が優しく照らし出される。

「さてさて。先ほど、コマーシャルの途中で、霊界からのファックスが一通、届きました」

「いつものように天井のライトが消えて、Ａ４の紙がひらひらと落ちてきましたよ」

「いやー。サケちゃんもついに怖がらなくなったね」

「どうせ怖がっても、リスナーの皆さん、信じてくれないし！」

昇太は意識して明るいトーンで話した。

「ではアンジェさん。そろそろメッセージを、お読みくださいませ」

「了解！　ラジオネーム『あの時の三郎』からです」

『アンジェリカさん、サケちゃんさん、そしてラジオをお聴きの皆さん、こんばんは。あの時の三郎こと、川喜田三郎と申します。

皆さんからすると、大そう昔のことになるでしょうが……私は第二次世界大戦中、特攻を志願しました。神風特攻隊です。

一九四五年八月十四日、上官の命令を待たずに独断で基地を飛び立った私たち隊員有志は、夜間飛行の末、日付が変わった十五日未明、太平洋上でアメリカ海軍の空母部隊を発見、直ちに特攻に移りました。

しかし、操縦桿（かん）を握る私は、不可思議な現象に巻き込まれました。

敵空母に突っ込もうとしていたのに、いつの間にか、見たこともない都会の上空を飛んでいたのです。私は、背の高いビルに愛機の翼をぶつけ、あっという間に不時着しました。しかし次の瞬間、何故か私は、建物の中にいたのです。

なんとそこは、佐賀駅の隣にあるラジオ局でした。しかも、二〇二四年八月十五日の未来に、タイムスリップしていました。

アンジェリカさん、サケちゃんさん、あの時、お会いしましたね。あの時の三郎ですよ。短い時間でしたが、優しく接していただき、ありがとうございました。とても懐かしいです。おふたりにとっては五日前のことでしょうが、私にとっては、七十九年も前の出来事なのです。

さて、おふたりは私が過去に戻った後、どうなったのか知りたいのではないでしょうか。ひょっとして聞きたくないかもしれませんが……。つかの間の未来旅行を愉しんだ私は、気がつくと再びコクピットで操縦桿を握っていました。

すぐに敵空母に狙いを定め、特攻を試みました。私は家族ひとりひとりの名前を叫びながら、敵艦に突っ込んでいきました。

しかし私は目測を誤り、空母の手前で高度を下げ過ぎて、海へ突っ込んでしまったのです。特攻は失敗し……私は死に損ないました。

私はアメリカ軍によって海中から引っ張り上げられ、捕虜として甲板上で終戦を迎えました。

数か月後、私は佐賀の工業学校に復学し、卒業後は建設会社に就職しました。設計士として、高度経済成長期は、随分沢山の建物の建設に関わりました。

実は、おふたりが働いておられるラジオ局にも、一九五八年の創立時に局舎の設計で参加しています。

二〇二〇年に貴局が駅前へ移設したときには、流石にもう歳を取り現役は引退していたので、見物に行きました。昔、私が手作業で作ったブロンズ製の表札が、窓際にちょこんと置いてあるのを見つけました。嬉しかったなあ。

実はその後も何度か様子を見に行きまして、アンジェリカさんの姿もお見かけしました。初めてアンジェリカさんを見たときは「あの夜のことはやっぱり夢じゃなくて、本当だったんだ！」と、それはもう興奮しましたよ。でも、二〇二四年の八月十五日まで、私たちは出会っていないわけですから……声をかけるのは遠慮しました。

私ももう、九十四歳になりました。結構なおじいさんです。実はあちこち悪くなりまして、いま入院しています。一度危篤状態になってあの世が近くなったせいでしょうか、体から魂だけ抜け出せるようになり、こうして番組にメッセージも書けるようになったのです。

ああ。気がつくと随分と長い手紙になり、失礼しました。

私は、おふたりにかけていただいた優しい言葉に助けられ、戦後日本復興の為、建築に関わる仕事に就き、今日まで頑張ってこられたのです。何としても、お礼を申し上げたかった。それがやっと叶いました。

出来れば直接お話もしたかったですが、それは贅沢というものですね。きっと私のような者のために、この番組はあるのでしょう。

そうだ！　もうひとつご報告があります。

長崎に残してきた私の家族は、何とみんな生きていました。

八月九日、両親は用事で長崎市をたまたま離れていて、妹たちは原爆の熱線や爆風をさえぎる山陰に運良くいて、家族全員が助かったというのです。

「そんな奇跡があるのか」と私は思いましたが、家族からしてみたら、特攻に行った私が生きていた方がよほど奇跡で……みんなで抱き合って泣きました。

人生の中で、奇跡というのは起こりうることなのだな、と思った次第です。

いよいよ、お別れの時間です。

かえすがえす本当にありがとうございました。おかげさまで、精一杯生きました。私の人生に悔いはありません。

アンジェリカさん、頑張ってください。きっと夢を叶えてください。

そしてサケちゃんさん。今度はあなたも頑張る番ですよ。あなたが目覚める日を待ち望んでいます。

それでは皆さま、ごきげんよう――』

メッセージを読み終わると、アンジェリカの手の上のコピー用紙は消え、スタジオの照明が点いた。

アンジェリカの左側には、誰も座っていなかった。

さっきまで隣にいた筈の酒谷昇太は、忽然と姿を消していた。

だが、アンジェもディレクターの陽一も、ことさら慌てることなく、いつものように番組を進めていくのだった。

まるで最初から、昇太など存在していなかったかのように。

第六章　帰らざる日々

もう一年以上前、春の日の昼下がり。

昇太と花音、ふたりで佐賀の街を歩いていた。

最初は特に予定も無かった。ただの散歩。

啓蟄も過ぎて暖かい日が増えてきたので、「久しぶりに外でも歩こうか」ということになったのだ。

冬の間、寒がりの花音は昇太の部屋のコタツにずっとしがみついていたくせに、いざ外に出ると、

「やっぱアナウンサーを志すなら、実際に歩いて足で情報を稼がないとね。自分の目で見たものじゃないと、いざ喋ったって、全然説得力が無いんだから!」などと偉そうに言う。

花音は白いハイネックのセーターに桜色のカーディガン、昇太はカーキのジャンパーを着ていたが、歩いているうちに暑くなって、ふたりとも上着は手に持って歩いた。

大学は春休みに入っていたけれど、ネットで「もう構内で桜が咲いているらし

い」と噂になっていたのを思い出し、見に行くことにした。

佐賀駅近くの昇太のマンションから、ふたりが通っている佐賀大学までは四キロ近くあるが、何となくノリで歩いて行った。

駅前から続く中央大通りは、暖かいせいか、いつもより人通りが多い気がした。歩くふたりを、自転車の中学生たちが立ち漕ぎで追い越していく。

花音は「あーあー、あんなに生き急いじゃって。若いうちは時間的なロスをあえてすることこそが、青春って感じなのにねえ……ま、急ぐのも青春か」などと言いながら、立ち止まってクルクルと回り出した。

「何してんの？」

「え？　急がば回ってんの」

「道行く人たちがドン引きしてるから、やめれ」

「あはは」と陽気に笑う彼女の手を引いて、歩き出す。精巧に作られた花音の義手は、一見普通の手と変わらない。だが、体温が無いので触ると冷たかった。

昇太が「それにしてもホント、花音ちゃんは噂話が好きだよねえ」とからかうように言うと、

「人の噂にはねえ、最先端のトレンドが潜んでんのよ。分かる？　結果として、必ずしも正しいとは限らないんだけど……ていうか、嘘とかデマ的なものも多いんだ

けどね。でも、だからこそ、そこには、人々の希望や願い的なモノが垣間見られる的な感じ？」と返した。

「嘘とデマ、希望と願いが、被ってるぞ。あと、例によって『的』が多い」

「また細かいこと言っちゃって。意味が通じればいいのよ。『世の中を知りたければ、噂を追え！』って言葉もあるじゃない？」

「へえ」

昇太は感心した。流石、花音は博識である。

「それ、誰が言ったの？」

「私」

「ぷっ……」

思わず笑ってしまったのが悔しい昇太だったが、次の瞬間「ありがとう」と言った。

「はい？」

花音は目を見開いた。

「何故、このタイミングでお礼を？　あ、お金なら貸せないよ。今、金欠で……」

「違うよ」

昇太は目を逸らしながら言った。

「俺、花音ちゃんには感謝してるんだ」

「なんで？」

彼女は歩きながら小首を傾げた。

「私、そんなにお金貸したことあるっけ？　あ、もしや踏み倒す気⁉　私が覚えていない借金を、私が忘れているのをいいことに！」

「君、お金以外の尺度ないの⁉　ていうか、お金借りてないし！」

昇太は突っ込みつつ、笑う花音の一歩前に出た。

「いやまあ、つい口に出しちゃったから言うけど……俺なんかと付き合ってくれて、ありがとうって思ってさ」

「なんでそんなこと言うの？」

小走りで昇太を追い越し、花音が顔を覗き込んだ。

「なんで？」

「な、なんだよ。そんな見るなよ」

照れる昇太をじっくりと観察しながら、

「いま言った『俺なんか』って、どういうこと？」

「あ、そこなの？」

「そこよ」と、花音は強い口調で言った。

「つまり詳しく分析すると、根暗で友達もいなくて、県庁のお堀にいるコイやフナくらいしか話し相手のいなかった自分が、大学のアイドルこと花音さんのような高嶺(たかね)の花とお付き合いする僥倖(ぎょうこう)に恵まれたのは、もう恐れ多くていたたまれなくて、ぜひお金を貸してあげたいですってこと？」

「いや俺、そこまで考えてないんだけど⁉　ていうか、俺も金欠だから、お金貸せないよ⁉」

「分かってるし」

花音はひとしきり笑った後、

「昇太くん。『俺なんか』なんて、自分を否定するような言い方は、もうしちゃダメだよ」と真顔で言った。

「自己表現っていうのはさ、言ってみたら商品説明と同じなの。

例えば、美味しくお米が炊(た)けるけれど、その代わり炊くのに時間がかかる炊飯器を売るとするでしょ？

きっとセールスマンは、『美味しくお米が炊ける炊飯器です！』ってアピールする筈(はず)。『炊くのがのろい炊飯器です！』とは絶対に言わないよね？

昇太くんには魅力があるんだから、『俺なんか』って言っちゃダメ。自分の価値を自分で落とすことはないよ。昇太くんの良いところは、私がちゃんと分かってるんだから。自信持ちなさい。自分を卑下しちゃダメ、分かった？」

同い年なのに、花音の言葉には常に説得力があり、昇太はこれまでも度々たしなめられたり、元気づけられたりしてきた。

「やっぱ花音ちゃんには、ありがとうだな」

「ふふん」

花音はドヤ顔で「私はアナ志望だから、説得力がある的なことを言うのは、得意技なのよ」と、歩きながら胸を張った。

「あのさ、一応聞きたいんだけど」

「何かな？　この際、花音さんに何でも聞きなさい」

「俺の良いところってなに？」

「あ、それ聞いちゃう？」

彼女は立ち止まり、困った顔で言った。

「ちょっと待って。実はずっと探してるの！」

「分かってんじゃなかったの⁉」

ふたりして笑う。

この子と付き合う前は、こんなにテンポの良い会話は出来なかったな——と昇太はしみじみ考えた。

自分で言うのもなんだけれど、小学校くらいまでは、明るい性格のリーダータイプだったと思う。勉強も得意だったし、走るのも速かった。いつも周りには友達がいっぱいいた。

だが成長するにつれて、自分は決して特別な存在じゃない、ありふれたどこにでもいる人間だ、と気づいてしまった。だんだん自信が無くなっていき、無口になっていった。高校から大学にかけてはコロナ禍も重なり、人付き合いも希薄になった。

それでも別に構わないと考えていたが、ポジティブな花音と出会ってから、人生が一変した。彼女は自分自身だけでなく、周囲の人々をも巻き込み、前へ進ませる不思議な力を持っていたのだ。

両手首から先が無いハンディキャップなどものともせず、真っすぐにアナウンサーを目指す花音。

彼女の熱に影響を受け、昇太も次第に「俺も何かを目指さなければ」「何かに打ち込んでみたい」と思うようになった。

その「何か」がなかなか見つからないところがもどかしかったが――昇太からその話を聞いた彼女は「見つからないのも、また良き！」と目を輝かせた。

「いつか目標とか夢とかが見つかったときは、きっと昇太くん『これだ！』って叫んじゃうよ？　そのときが楽しみだねえ。この先そんな楽しみがあるなんて、控えめに言って最高じゃん。見つかったら、絶対私にも教えてよね！」

花音の笑顔が眩しくて、つい目を逸らしてしまったけれど。

——花音ちゃんと出会えて、本当に良かった。

——でも。

昇太はふと考えた。

——そもそも、俺はなんでこの子と付き合い始めたんだっけ？

思い出せない、というか、何も思い当たらない。

自分が惚れてしまった理由は、山ほど考えつくけれど。

——最初は確か、大学一年のときにたまたま講義で隣の席になって、彼女が落とした消しゴムを俺が拾って、それから……。

それから？

——分からん……。

花音は、いつの間にかそばにいて、いつの間にか友達になっていて、いつの間にか恋人同士になっていた。

——まあいいか。

昇太は、鼻歌交じりで隣を歩く彼女を見た。

小柄でショートカットで、とびきり快活な花音。昇太はいつも、彼女からパワーと元気を分けてもらっている。

きっとこんな感じで、花音とは、ずっとこれからも一緒にいられるような気がする。それだけでも十分だ。

――いや、でも待てよ……。

嫌なことに気づいた。

もしも花音が、本当にどこかの放送局のアナウンサーになったら、ふたりが住む世界は変わってしまうのではないだろうか。

マスコミ業界には、きっと昇太なんか及びもつかない、頭が良くて魅力的な男性がいっぱいいるに違いない。花音は目移りしないだろうか。

――やばいな。

昇太は焦りを感じた。

それにアナウンサーの採用数はとても少ないので、ガチでアナウンサーを志している人は、全国の放送局を受験して回ると聞いている。ということは、花音が他の県でアナウンサーになることも十分考えられるということだ。

何しろ、佐賀には民放ラジオ局がふたつ、テレビ局はたったひとつしかない。新人アナ採用が毎年あるとも限らないし、佐賀でアナウンサーになるのは、どう考えてもかなり狭き門である。

——つまり、花音ちゃんは県外に就職する可能性が高いのか……。

下手したら職業と地域、ふたつの意味で『違う世界』に住むことになってしまうかもしれない。

——何とか花音ちゃんに置いて行かれないようにしないと……。

実を言うと、ここ数か月、同じようなことを考えて堂々巡りになってしまっている。

人生の目標を探そう、と考えていた筈が、いつの間にか彼女に振られないためにはどうすれば良いのか、がテーマになってしまっていた。本末転倒だ。

——なんかこういうことを考えてるのって、我ながら女々しいよなあ。

颯爽とした花音の相棒たる立場としては、一番似つかわしくない態度ではないだろうか。

きっと彼女に相談したら、「まずその『女々しい』という表現が、女性を馬鹿にしている的な感じでけしからん！」などと言って、怒り心頭だろう。

とはいっても、一体、何をどうすれば良いのか。

——俺も花音ちゃんくらい気が利いてて明るい性格だったら、アナウンサーを目指せばいいいんだろうけどなあ。

かといって、仮にアナウンサーを目指したとしても、ただでさえ狭き門なのだから、ふたりそろって同じ放送局に入社するのは、ますます難しいに違いない。昇太がアナウンサーを目指すのは、やはり現実的なプランではなさそうだ。

——まあ、そもそも俺には無理な話だし。

いわゆる喋り手に憧れが無い訳ではないけれど、すぐそばで「本格派」を見ていると、限りなく難しいと実感せざるを得ない。自分にはアナウンサーに必要とされる要素が色々と足りない。足りなさ過ぎる。

——アナ以外の職種も、放送局は倍率高いしなあ……。

とりあえず、アナウンサー志望の花音に引けを取らないような「別の」目標を見つけるしかないだろう。そして目標が見つかり次第、それに相応しい努力を始めるのだ。遅くとも、就職活動が始まる頃までには。

随分と周回遅れになっているような気がするが、結局他に道も無い。まさに、急がば回れだ。

最初からなりたいものが決まっている人が羨ましい。夢に向かって真っすぐに進んでいくのは、余計な逡巡も無くてやりがいがありそうだ。

——高校野球で甲子園に行くとか、高校ラグビーで花園を目指すとか、夢とか目標がある奴はいいよなあ。

隣の芝って、マジで青過ぎる。

と、ここまで考えて、自分はとっくに甲子園も花園も目指せない年齢であることに気がついた。間抜けもいいところだ。

しかしその一方、念願叶って甲子園や花園の夢を叶えた高校生には、きっともっと大きな試練が待っているのではないか、と昇太は想像した。ある意味、人生の絶頂期を高校生の若さで迎えてしまったことになる訳だから、次の目標をどこに置くかは、とても難しいテーマではないだろうか。想像するだけでも怖いような気がする。

――俺、高校球児じゃなくて良かったかも。

「なーんて！」と心の中でセルフ突っ込みをしていたら、

「ねえ昇太くん、さっきからなんで黙ってんの？」

いつの間にか、また花音が下から覗き込んでいた。

「え？　あ、ごめん。ちょっと考え事を……」

「せっかく花音さんと歩いてるのに、一分五十七秒もひとりでなに考えてたの？」

「細かっ！　ていうか時間計ってたの⁉」

「当然でしょ」

花音がスマホの画面を見せた。精巧な義手の指先はスマホ対応になっていて、画面操作は昇太よりもよっぽど速い。確かに、ストップウォッチ・アプリの表示は一分五十七秒で停止している。

「時は金なりよ。人生に無駄な時間なんて、一秒たりとも無いんだから」

きりっとした顔で言う。

「いやいや、冬の始まりからついさっきまでコタツの国の住人だったくせに、どの口がそれを言うんだか」

「コタツ以上にかけがえのない時間と空間が、どこにあるってのよ」

「え？　もちろん無いよ！」

ふたりしてお腹を抱えて笑う。

「いや、なんで俺たち、付き合い始めたのかなぁって思ってさ」

「昇太くん、きょうどうしたの？」

歩きながら心配そうな顔で言う。

「なんか、どうかしてるよ」

「そうかな」

「そうだよ。付き合ってくれてありがとうとか、俺の良いところってどことか、なんで付き合い始めたのかとか。さらには、ぜひお金貸したいとか」

「最後のは言ってないです」

「それはともかくとして、急にしみじみしちゃって、どうしたの？」

「なんでだろ」

久しぶりにふたりで歩いていたら、何となく言いたくなった……としか、言いようが無かった。

「ちなみに、私が君と付き合い始めた理由は、超簡単なんだけど」

「何？」

「ふふん。知りたい？」

思わせぶりな花音の表情に、なんだかドキドキしてしまう。

「はい……知りたいです」

一応下手に出る。

「いくら払う？」

こちらは上から目線だ。

「よろしければ無料で」

「しょうがないなあ。大サービスだよ？」と、花音は歩きながら伸びをした。

「君は、私より長生きしそうだったからよ」

「何だそりゃ」

「初めて会った日に、そう思ったの」

「いつのこと？」

「消しゴムを拾ってもらったとき」

「覚えてたんだ」

「うん」

意外だった。付き合い始めて以来、一度も話題にしたことなんてなかったのに。

「あ、着いたね」

大学に到着したので、話はそれきりになった。

ふたりで構内をあちこちくまなく見て回ったが、桜は一輪も咲いてなかった。やはりいくら暖かいといっても、三月の半ばでは流石に早過ぎたようだ。

一時間ほどで大学から出て、北東側の交差点で信号が変わるのを待つ。

陽(ひ)が傾いている。もう夕方だ。

「ガセだな。ネット民に騙(だま)された」

やれやれといった感じで昇太は呟(つぶや)いたが、花音は「別にいいじゃん」と澄(す)ました顔で言った。

「見に来たことで真実が分かったんだから、良き！　これぞジャーナリスト的行動よ。いっぱいウォーキング出来たしね。きっと晩ご飯も美味しいよ」

「花音ちゃんは前向きだなあ」

「当然！」

　腰に手を当て、ポーズを取って見せる。

「ほら昇太くん、早く」

「何？」

「シャッターチャンスでしょうが」

「はいはい」

「夕焼けをバックに、イイ感じで撮ってよ？」

　自分のスマホを昇太に手渡す。大きな花柄のケースだ。男勝りの性格に見られがちだが、可愛いグッズやガジェットが好きなのもまた花音である。

「夕暮れ時は、女性の肌を一番綺麗に見せるんだからね。可愛さマシマシだよ」

「はーい」と昇太は言いつつ、自撮りする。

「なにコントみたいなことやってんのよ⁉」

　少女は憤慨した。

「フィルム減っちゃうじゃん！」

「フィルム式かよ、このスマホ」

　噴き出しながら、「ハイチーズ！」と決まり文句でシャッターを切る。

――ま、フィルムも無ければシャッターも無いんだけどね。

それにしても我ながら可愛く彼女を撮影出来たので、記念に写真を転送してもらった。花音が「こんな可愛い写真、有料でしょ⁉」としつこく言ってきたが、そこは写真家としての権利を毅然と主張した昇太であった。

歩行者用の信号が青に変わったので、ふたりで横断歩道を歩き出す。

左から白い大きなセダンが来た。

何かがおかしい、と思った。

赤信号なのにスピードが落ちない。

――え⁉

ドライバーがハンドルにもたれかかっているのが見えた。

その瞬間、花音が体当たりで昇太を突き飛ばした。

昇太は後ろに倒れながら、彼女が自分に微笑んでいるのを見た。

「よけろ！」と叫ぶ間もなかった。

華奢な体が、鈍い音を立てて車に跳ね飛ばされ、持っていた桜色のカーディガンが宙を舞った。

車はそのまま歩道に突っ込み、激しい衝突音が響いた。

昇太は道路で後頭部を強打した。

目の前が真っ暗になった。

ゴーゴーと耳鳴りがして、周囲の音がよく聞こえない。
花音の名を呼ぼうにも声が出ず、体が動かない。
少しずつ視界は明るくなってきたが、ぼんやりとして焦点が定まらない。
遠くで誰かが叫んでいるような声がする。
視野が赤く染まり出した。
頭から流れている血が、目の中に流れ込んでいることに気づく。
どれくらいの怪我なのかは分からない。
花音はどうなったのか。
懸命（けんめい）に手を伸ばそうとするが、どうしても体が動かない。
流血のせいか、ひどく眠くなった。
昇太は、意識を失った。

病室で目覚めた。

頭に包帯を巻いたまま、花音の葬式に行った。
現実感が無く、感情も乏（とぼ）しかった。
数日が過ぎた。

大学に行き、隣に彼女がいないことを突如実感して、泣き崩れた。
花音の両親に会いに行き、土下座して謝った。
両親は昇太を責めることなく、娘のノートパソコンを託した。
昇太は、幽霊でもいいから花音に会いたいと思い、あちこち探し回った。
会えなかった。
絶望した。
どこを歩いても、何をしていても、花音のことしか考えられなかった。
自宅マンションに着いた。
エレベーターを使う気にならず、階段を昇った。
その途中で、虚空に身を投げた。

病室で目覚めた。

頭に包帯を巻いたまま、花音の葬式に行った。
現実感が無く、感情も乏しかった。
数日が過ぎた。
大学に行き、隣に彼女がいないことを突如実感して、泣き崩れた。

花音の両親に会いに行き、土下座して謝った。
両親は昇太を責めることなく、娘のノートパソコンを託した。
昇太は、幽霊でもいいから花音に会いたいと思い、あちこち探し回った。
会えなかった。
絶望した。
どこを歩いていても、何をしていても、花音のことしか考えられなかった。
一か月が過ぎた。
虚(うつ)ろな気分は増すばかりだった。
自宅マンションに着いた。
エレベーターを使う気にならず、階段を昇った。
その途中で、虚空に身を投げた。

病室で目覚めた。

頭に包帯を巻いたまま、花音の葬式に行った。
現実感が無く、感情も乏しかった。
数日が過ぎた。

大学に行き、隣に彼女がいないことを突如実感して、泣き崩れた。
花音の両親に会いに行き、土下座して謝った。
両親は昇太を責めることなく、娘のノートパソコンを託した。
昇太は、幽霊でもいいから花音に会いたいと思い、あちこち探し回った。
会えなかった。
絶望した。
どこを歩いても、何をしていても、花音のことしか考えられなかった。
半年が過ぎた。
虚ろな気分は増すばかりだった。
ふと、自分が同じことを何度も繰り返しているような気がした。
きっと気のせいだろう。
自宅マンションに着いた。
エレベーターを使う気にならず、階段を昇った。
その途中で、虚空に身を投げた。
病室で目覚めた。

頭に包帯を巻いたまま、花音の葬式に行った。
現実感が無く、感情も乏しかった。
数日が過ぎた。
大学に行き、隣に彼女がいないことを突如実感して、泣き崩れた。
花音の両親に会いに行き、土下座して謝った。
両親は昇太を責めることなく、娘のノートパソコンを託した。
昇太は、幽霊でもいいから花音に会いたいと思い、あちこち探し回った。
会えなかった。
絶望した。
どこを歩いても、何をしていても、花音のことしか考えられなかった。
十一か月が過ぎた。
虚ろな気分は増すばかりだった。
ふと、自分が同じことを何度も繰り返しているような気がした。
きっと気のせいだろう。
真夜中、花音と噂話（うわさばなし）をしたラジオ局に行ってみた。
不思議なことなど、全く起こらなかった。
昇太は自宅マンションに戻った。

エレベーターを使う気にならず、階段を昇った。

その途中、虚空に身を投げようとし、フェンスに手をかけて思いとどまった。

――こんなことをしても、花音ちゃんは絶対に喜ばない。

――もう、二度と会えないけれど……。

階段の踊り場で、うずくまって泣いた。

体の水分が全部出てしまうんじゃないかと思うくらい、涙が出た。

しばらくしてリュックから花音のPCを出し、電源を入れた。

――就職しなきゃ。

世の中はとっくに、就職活動を始めなければいけない時期になっていた。

自分が何になりたいのか、まだ結論は出ていない。いや、花音の死で考える心の余裕も無かった。

だけどとにかく、花音に救ってもらった命を、無駄にしてはいけない。

なりたいものが分からないなりに、まずは就職活動をして「正業（せいぎょう）」に就こう。

正業、というのも何のことかよく分からないけれど、とにかく無職では駄目だと思った。

彼女のPCで学生課のウェブサイトを開き、就職情報のチェックを始める。

花音の死から一年が経ち、また春が来た。

昇太の就職活動は全く進んでいない。

三月二十五日、駅前のラジオ局で陽一とアンジェリカに出会い、不思議な深夜番組に出演した。

四月二十四日、もう一度ラジオに出演し、成り行きで番組レギュラーとなった。

オンエア中に猫の声など、怪奇現象が頻発した。

五月二十三日に出演したときは、幽霊からのファックスが頻繁に届いた。

六月二十二日の番組では、生きている人間からのメッセージが増えた。

七月二十一日の番組は、スポーツの話題で盛り上がった。

八月十五日は、特攻隊の少年が一九四五年からタイムスリップしてきた。

八月二十日の番組では、過去に戻った特攻隊の少年が、幽霊として番組へメッセージを送ってきた。

『今度はあなたも頑張る番ですよ。あなたが目覚める日を待ち望んでいます』

昇太に宛てたこの言葉がスイッチとなり、彼はスタジオから姿を消した。

第七章　進みゆく明日

「あれ？」

気がつくと、昇太は佐賀駅南口広場のベンチに座っていた。

テーブルの上にはノートパソコンがある。花音の形見だ。デスクトップには、佐賀大学前で撮影した花音の写真が表示されている。夕焼けをバックに昇太が撮影した、最後の想い出の写真だ。スマホから転送して壁紙にしているのだった。

賑やかな音に目を向けると、ラジオスタジオでは、アンジェリカがひとりで「ミッドナイト☆レディオステーション・イン・ＳＡＧＡ！」を進行している。

「え……？」

おかしい。さっきまで自分もあそこにいた筈なのに——昇太は混乱した。

「何故……」

何故自分はいまスタジオの中ではなく、外にいるのだろう？　アンジェリカも、昇太がいなくなったことなど、まるで気にしていないように思えた。明るい笑顔、弾けたトークでスタジオ前に集まったギャラリーを笑わせている。

——どういうこと？？？

そうだ、あの言葉だ――と、彼は思い当たった。

三郎少年のメッセージにあった最後の言葉。

『今度はあなたも頑張る番ですよ。あなたが目覚める日を待ち望んでいます』

あの言葉をアンジェリカが読み上げた瞬間、頭を強く殴(なぐ)られたような衝撃があり、気が付いたらスタジオの外に出ていたのだ。

――一体、何がどうなって……。

明かりの消えた駅前広場、タクシーの車列、面浮立(めんぶりゅう)像、そして最近見えるようになった赤い鳥居と小さな社(やしろ)――いつも通りの光景である。

「本当は、もう分かってるんだろ?」

真後ろで声がしたので、心臓が大きな音を立てた。振り返ると、身長百九十センチはありそうな青年が、仔猫(こねこ)を抱いて立っていた。

「ああ。驚かせてごめんね。俺は、ラジオネーム・通りすがりの浮遊霊改め、徘徊(はいかい)霊だよ」

「あ、番組常連の……」

「そうそう。死んだときは高校生だったけど、多分君よりは年上だから、タメ口は許してね」

筋肉質に引き締まった顔で、爽やかに笑う。天井から落ちてくる謎のファックスをよく送ってくる、お馴染(なじ)みの幽霊リスナーだ。

メッセージを読んでいるときは、もう少しインドア派のイメージを勝手に描いていたのだが、実際（？）は随分(ずいぶん)違った。

――まさかのスポーツマンタイプだった……。

いや、いま問題なのはそこじゃなくて。

――何故、幽霊がいま目の前にいて、会話が出来てるんだ？

「まさかのスポーツマンタイプ？」

巨漢の幽霊が噴(ふ)き出した。

「そんでもって、何故、会話が出来てるかって？」

「え？」

考えていることを当てられ、背筋が凍った。

彼は、怯(おび)えている昇太に優しく笑って見せた。

「分かるさ。俺は幽霊だからな。いわゆるテレパシー能力がある。人の思考は、何となく伝わってくるんだ。そして、君の疑問の答えも当然知ってる」

昇太は唾(つば)を飲み込もうとしたが、喉はカラカラに渇いていた。

「何故、幽霊の俺と話が出来るか……答えは簡単だ。つまりサケちゃんも俺と同じ、こっち側ってことさ」

「こっち側……？」

幽霊リスナーと同じ側、ということは。

――そんな、まさか。

眩暈がする思いだった。

「んん？　本当に気がついてなかったのかい？」

彼は意外そうな口ぶりで言った。

「それにしても、マジで不思議なラジオ局だよな。幽霊が見える女の子がパーソナリティーやってて、ディレクター氏は幽霊だろ？　あり得ねー」

――え？

衝撃的な言葉だった。

――陽一さんが、幽霊？

「しかもあのディレクターさん、ラジオ局内では実体化して、機械も操作しているんだよな。それに俺、前は長崎のラジオ局であの人を見たよ。古い洋館を改装した、丘の上のラジオ局でさ。俺もしばらく幽霊やってるけど、あんな人初めて見たよ。一体全体どうなってんだろ？」

彼は大きな手で仔猫を撫でながら、太い首をしきりに捻った。

「ちょ、ちょっと待ってください。ディレクターの陽一さんが幽霊って」

「あれ？　それも気づいてなかったの？　だって彼、サケちゃんの後ろにあるスタジオのドア、よく開けずに出入りしてたじゃん。幽霊じゃないと、無理だろそんなこと」

「ドアを開けずに……？」

生放送で喋るのが精一杯の昇太は、隣のアンジェリカはともかく、ディレクター陽一の挙動までは気を配っていなかった。彼が自分の後ろで壁を通り抜けていたなんて、全然気づいてなかった。

――ていうか、そんなことあり得ないだろ。

――でも……。

そういえば、ひとつ思い当たることがあった。

――ラジオ局の噂話の中に「驚くほどの美青年が壁を通り抜けていた」ってのがあったっけ。

それは、まさに陽一の姿そのものではないだろうか。

――あれほどの美青年は、滅多にいないもんな。

いや、でもまさか。

――いくら何でも……。

幽霊が壁を通り抜ける一方で、実体化もするなんてことが、現実にある筈がない。

「なんだ。まだ疑ってるのかい？」

猫を抱いた巨漢の高校生は、大袈裟に肩をすくめて見せた。

「自分自身が、スタジオで実体化してたくせに」

「は？」

「サケちゃんは、あのディレクター氏と同じってことだよ。極めて珍しいタイプなのさ」

同意するかのように、猫が小さく鳴いた。

仔猫は、筋肉が盛り上がった逞しい腕に大人しく抱かれ、昇太を見つめている。

「あのう、ところで、その猫が……」

「ああ。いつだったかスタジオに乱入したニャンタだよ。あのときはニャンタが見えてなかったみたいだけど。どう？　めっちゃ可愛いでしょ？」

「え……あ、はい。可愛いです」

「だろだろ？」

昇太が同意すると、相好を崩して笑った。かなりの猫好きのようだ。

「あのう……でも、いきなり『こっち側』って言われても、俺、いま凄く心臓がどきどきしてるし、体中に汗かいてるし。自分が幽霊だなんて、とても思えないんですけど……」

「そうだよなあ。初めは、俺もそうだったよ」

巨漢はうんうんと頷いた。

「あのう、それから……」

「待った」

彼は右手を出して、昇太の言葉を止めた。

「まだまだ聞きたいことが、いっぱいあるだろうけどさ」

猫と一緒に満月を見上げる。

「俺、そろそろ帰らなきゃいけないんだ。それに君には、ちゃんと説明役の人がいるみたいだから、もうこれくらいにしとくよ。また番組で会えるといいな、サケちゃん。じゃあな」

「え？」

見上げるような巨体は月に吸い込まれるかのように、仔猫ごと、かき消すようにいなくなった。

「えっ？　え……？」

——説明役って……？

『昇太くん』

「！」

背中から呼びかける声に、完全に思考が止まった。

トーンの高い、よく響くその声は。

聞き間違えようのない、その特徴ある声は。

たったもう一度でいいから聞きたくて、でも、もう二度と聞くことは出来ないと諦めざるを得なかった、自分を呼ぶその声は——。

「花音ちゃん⁉」

慌てて机に向き直ると、誰もいなかった。

だが、空耳にしては、はっきり聞こえ過ぎた。

——今のは、絶対に花音ちゃんの声だ。間違いない。

立ち上がって、おろおろと周囲を見回す。だが、深夜の佐賀駅南口広場で、花音の姿はどこにも見つけられなかった。

「花音ちゃん……」

『ねえ、どこ見てんの？』

再び声が聞こえた
「え⁉」

だが、やはりその姿は見当たらない。

「花音ちゃん！　どこ？　どこにいるの⁉」

『全くもう。相変わらずっていうか、昭和のコントじゃないんだからさ』

少女は呆れた感じで呟いた。

「だって……」

泣きそうな顔できょろきょろする昇太に彼女は、

『ノートパソコン見て』

「え？」

『パソコン！』

慌ててテーブルの上のＰＣを持ち上げると、デスクトップの花音の写真が動いた。

『ハロー。やっと見つけたね！』

「花音ちゃん⁉」

『花音ちゃんです！』

少女は画面の中で敬礼した。

「どうして……？」

夢にまで見た――いや、夢の中ですら果たせなかった再会は、思いがけない形でやってきた。

『当然でしょ？　出来そうにないことをやっちゃうのが、私なんだから』

「花音ちゃん……」

昇太の目に涙が溢れ、視界がぼやけた。

『まったく、泣き虫だなあ。昇太くんって、そんなに涙腺ゆるかったっけ？』

白いハイネックセーターを着た花音が指差してくる。画面の中の彼女は、少々オーバーアクション気味だ。

「だって……だって花音ちゃんと話せたから」

昇太は涙と鼻水で崩れた顔で言った。

『凄い顔しちゃって……私と会えて嬉しい？』

「嬉しい！　凄く嬉しい！」

がくがくと頷く。

『どれくらい？』

「そんなの超嬉し過ぎて、表現出来ないよ！」

『私も超嬉しい！』

花音はにっこり笑うと『しゅわっち！』と叫んだ。

同時にパソコン画面が眩しく輝いたかと思うと、花音の上半身が飛び出してきて両手を広げ、昇太に抱きついた。

「え？　ええっ!?」

温かく柔らかい感触と確かな重みに驚き、戸惑っていると、花音が耳元で「私のパソコン、机に置いて」と言った。

首元に抱きつかれたまま、言われた通りにすると、続いて彼女は昇太に「お姫様抱っこをせよ」と要求した上で、「よいしょ」と言いながら足を片方ずつ画面から引き抜いた。

「ご苦労さま。次はこのまま、ベンチに腰を下ろしなさい」

「はい……」

花音をお姫様抱っこしたままベンチに座ると、再び強く抱きついてきた。

「昇太くん、昇太くん、昇太くん！」

後ろ髪を撫でながら、首筋に顔を埋める。

「昇太くんの匂いだあ。懐かしい！」

「俺、毎日風呂入ってるから、匂いなんかしないよ」

「するのよ。何とも独特な匂いが。二十年モノの」

「なんだそりゃ。それに俺、こないだ誕生日が来たからもう二十二歳だし」

言った後で「しまった」と思った。亡くなってしまった花音はもう、歳を取らない。

――ていうか、俺もこっち側なんだっけ？

自分が生きているかどうかなんて、もうどうでもいいや、と思った。花音に会えさえしたら、他には何もいらなかった。むしろ同じ幽霊なら、ちょうど良かったと思えるくらいだ。

「そうだよね。昇太くんはもう二十二歳になったんだよね。私とは、少しずつ歳が離れていくね」

――え？　どういうこと？

「え、どういうことって思ったでしょ」

「サトリかよ」

「あはは。まあ、幽霊だし。考えてることは大体分かるのよ」

さっきの通りすがりの徘徊霊さんと同じことを言う。

「でも俺も、同じ幽霊なんだろ？」

「んー。厳密に言うと、ちょっと違うんだよね」

花音は昇太の首元から左手を離し、駅の南側を指差した。

「ほらあれ、昇太くんちのマンション」

「うん」

昇太は頷いた。沢山（たくさん）の想い出がある、住み慣れた我が家だ。

「階段と、階段の踊り場が見えてるよね？」

「見えてるけど」

駅からは見慣れた光景だ。

「下から声に出して数えて、九階の辺りを見て」

「え……」

「言われた通りにして」

「うん。一階、二階、三階……」

一階からワンフロアずつ数えていき、九階までいったところで、昇太の意識が飛んだ。

視点が変わり、昇太はいつの間にかマンションの階段を昇っていた。多分、九階の辺りだ。そしてそのままフェンスを乗り越え、虚空にジャンプした。

「うわーっ⁉」

叫ばずにはいられなかった。

想像すらしたこともない勢いで体が落下していき、途中、他の階の手すりや背の高い植木の枝にあちこちぶつかりながら、最後は駐車場に停めてあった黒いワンボックスカーの屋根に足から激突した。自分の両脚があり得ない方向にいとも簡単にベキベキと折れるのを見ながら、最後は頭を激しく打って意識が途切れた。

気がつくと、佐賀駅南口広場のベンチだった。

全身から大量の汗が噴き出していた。

膝の上の花音が、目の前で昇太を睨(にら)んでいた。

「ばかっ！　せっかく助けてあげたのに、自殺するなんて」

昇太は呆然(ぼうぜん)とした顔で彼女を見返した。

——いまのは夢でも何でもない。実際に起きたことだ。

——俺は階段から飛び降り自殺したんだ……。

だんだん記憶が蘇(よみがえ)ってきていた。

「俺は、花音ちゃんがいない世界に絶望して、階段の途中から飛び降りた……やっぱり俺、死んだんだ」

口に出すことで、記憶が定着した気がした。自分が飛び降り自殺したのは、本当のことだったのだ。

——だけど。

大きな違和感があった。

——一度じゃない……？

——俺はあそこから、何度も飛び降りたことがあるような気がする……。

「昇太くん、今度はあっちのビルの屋上を見て」

花音が顎で示す方向を見ると、ひときわ背の高いビルの屋上から、髪の長い女性が飛び降りるところだった。

「うわっ⁉」

女性はあっという間に、頭から道路へ落下した。落ちた瞬間は見えなかった。

「い、いまのは……？」

「女の幽霊よ。昇太くんと同じ、自殺した幽霊」

「俺と同じ……」

体中の発汗が止まらない。

「ほら、もう一度見て」

「え？」

ほどなくして、ビルの屋上に、またさっきの女の人が立っていた。彼女はためらうことなく、もう一度身を投げた。

「そんな……⁉」

花音は震える昇太の腰に両腕を回して、優しく抱き締めた。

「理由は分からないけれど……自殺した幽霊は、同じことを何度も繰り返すんだって。電車に飛び込んで亡くなった人は、何度も電車に飛び込み続けるし、飛び降り自殺をした人は、同じところから飛び降り続けるの。一度飛び降りちゃうと記憶がリセットされて、次に飛び降りるときも、初めて飛ぶときの状況に戻る。それが、自殺した人の行く末よ」

「そんな……」

死ぬほどの苦しみから自殺することを選んだのに、死んだ後もその苦しみを味わい直すことになるなんて。それも何度も。

こんなに残酷なことは無いのではないだろうか。

「自殺する人って、死ぬ瞬間の印象が強過ぎて、それに囚(とら)われてしまうのかも。あるいは、自分自身を殺すということは、それほど罪深いことなのかもしれないわね」

花音が遠い目をして言った。

「自分を殺す？」

「自殺、という漢字は、そういう読み方も出来るでしょう？」

「確かに……」

「どんな生き物だって、生きるために生まれてくるの。死ぬためじゃない。人間だって同じ。だから自分を殺すのは、きっと宇宙の摂理(せつり)に反する行為なのよ」

――宇宙の摂理、か。

久しぶりに会う花音の思慮深さは相変わらずだったが、話を聞いているうちに、昇太は恐ろしいことに気づいた。

「ちょっと待って。じゃあ、俺も……」

「そう。昇太くんも飽きることなく、何度も階段から飛び降り続けたわ」

花音の言葉が嘘ではないことは、自分自身の記憶が物語っていた。手摺りを乗り越えたときのコンクリートの手触り、飛び降りた直後から加速し、空気を切り裂いていくスピード、車の屋根に激突した瞬間……確かに、何度も経験した。体がリアルに覚えている。

「でも中には、ある段階で『このままじゃ駄目だ』と気づく人もいるみたい」

「え……状況が変わることもあるってこと?」

「そうよ」

花音は頷いた。

「昇太くんの場合は、二千二百三回飛び降りた後、二千二百四回目で飛び降りるのをやめて就職活動をするようになり、あのラジオ局に出合った」

「俺、二千二百三回も飛び降りたの?」

昇太は頭を抱えた。

何度も飛んだと感じてはいたけれど、まさかそんなに飛び降りていたとは——。

「私、全部見てたから。君が飛び降りる度に数えてたの」

「見てた……？」

「そう。すぐ隣で」

驚愕の事実だった。

「じゃあ、どうして話しかけてくれなかったの？　どうして止めてくれなかったの？」

「止めたわよ」

昇太の悲鳴にも似た声に、花音はあくまで冷静に答えた。

「飛び降りる度に止めたわ。でも昇太くんには私が見えなかったし、私の声も聞こえなかった」

「え？」

「人の心には周波数のようなものがあって、心と心のチューニングが合わないと、姿を見ることも、会話することも出来ないの」

「それって……」

ディレクターの陽一とアンジェリカも、全く同じことを言っていた。

「私をよく知っている昇太くんなら、大体想像つくだろうけど。私はいつも全力で生きてきたし、最期は昇太くんを助けることが出来たから……私は自分の死を受け入れることが出来た」

ああ、やっぱりそうだったのか——と昇太は思った。

それでこそ、自分が愛し、尊敬する花音だ。

気持ちの切り替えの早さは、少しだけ寂しい気もするけれど——。

「それに対して昇太くんは、愛しくて可愛くてかけがえのない、世界で一番大好きな私が死んでしまった悲しみに、いつまでたってもメソメソ、ベソベソして。ずうっと落ち込んでて。

ふたりの想い出の写真を日がな一日眺めてみたり、スマホやパソコンのトップ画面にしてみたり、幽霊が出そうな場所を探して歩き回ったり……。

私は死んだ後、未来へ進むために前を向いていたけれど、昇太くんはいつも下を見るか、後ろを見てばかりだった。

私は後ろを振り返って意識すれば君を見ることが出来たけど、昇太くんには私が見えなかった。心の周波数が合ってなかったから。君には、私へ周波数を合わせることが出来なかったから。

昇太くんの隣にはずっと私がいて、一生懸命呼びかけてるのに、全然気づいてくれなくて……そのうち君は、マンションの九階から飛び降りてしまった」

「そして俺も死んだのか。幽霊になった後も、何度も飛び降りて、死に続けたんだね……」

「ううん」

花音は首を横に振った。

「昇太くんはまだ、死んでない」

「え？」

「あのビルから飛び降り続ける女の幽霊と昇太くんが決定的に違うのは、君がまだ生きているということ」

「え？　え……？」

昇太の頭の中にクエスチョンマークが溢れかえった。

——さっきまで、さんざん幽霊扱いされてたのに？

「ごめん。俺、かなり混乱してるんだけど……俺は死んだから、こうして花音ちゃんと再会出来たんじゃないの？　違うの？」

「違うよ」

花音は、昇太の目をじっと見返した。

「さっき言った通りよ。心のチューニングが合わなかったって」

「じゃあ今は？」

彼女は頷いた。

「昇太くんが長い時間をかけてようやく前向きになって——あの特攻隊のおじいさんの言葉がスイッチになって、私たちの心の波長が一致したから、こうして会うことが出来たのよ。でもね」

花音はゆっくりと瞬きをした。

「私は死んだけど、昇太くんはまだ生きてる」

「あの……どういうこと？　何が何だか、全然分からない……」

「手を見せて」

「手？」

「手のひら」

彼女の言うことはまるで謎かけのようで、昇太を混乱させるばかりだった。

昇太が右手で花音の体を支えながら、左の手のひらを広げた。彼女はお姫様抱っこされたまま、右手で昇太の手を触った。

「昇太くん。自分でよく見てよ。この長い生命線を」

言われた通りにまじまじと見た。確かに手のひらの中央を、はっきりとした線が手首の近くまで伸びている。

「こんなに長い生命線の持ち主が、早死にするわけないでしょ？」

花音はにっこり笑った。

「私ね。初めて昇太くんに会ったときに消しゴムを拾ってもらって、君の生命線を偶然見たの。それで『運命の人だ』って直感したのよ」

「え……いや、なんで？」

　彼女は昇太の手に目を落とし、

「私ね、病気で手首を切断したんだけど、ひょっとして再発するかもしれなかったから……だから一生懸命生きようっていつも思ってた。そしたらあの日、昇太くんのながーい生命線に出合って、『この人、絶対に私よりも長生きする人だ！』って確信したの。私自身は義手で手相が無かったから、比べようがないんだけどね」

　花音はあっけらかんと笑った。

「それで私、君と付き合うことにしたの。君はきっと私よりも長生きをして、私の生き様を最後まで見届けてくれる人だから」

「いや、まさかの手相始まりかよ……」

　昇太は溜息（ためいき）をついた。

「恋愛には、色んな始まりの形があるのよ」

　花音は悪戯（いたずら）っぽく微笑（ほほえ）んだ。

「安心して。その後、昇太くんの魅力にはちゃんと気づいたから」

「一応聞くけど、俺の魅力ってなに？」

「ごめん。実はまだ探してる」

いつものやりとりである。

「マジかよ」

ぼやきながら、涙が出た。

「どうしてまた泣くの？」

「だって花音ちゃんの手……あったかくて、やわらかいから」

昇太の手を触る彼女の手は義手ではなく、体温を感じる生身の手だった。

「うん」

花音は広げた昇太の手に、自分の指を絡めながら言った。

「死んだらね、手が元に戻ったの。やっとこうして昇太くんと手を繋げるね」

「そうか。俺たち、初めて手を繋いだんだね……」

「うん」

花音の頰（ほほ）がほんのりと染まったのを見て、昇太は益々（ますます）たまらない気持ちになった。

彼女がパソコンから飛び出して抱きついてきたときから、その手の温もりには気づいていた。

しかしそれは、昇太のよく知っている花音ではなく、別の存在になってしまったことをも意味していて、それを口にするのは――もちろん、分かってはいたことだけれど――いよいよ彼女の死を認めることのようで怖かったのだ。

「花音ちゃんは、本当に死んじゃったんだね……」

「そうよ、私は死んだの。死んで、失った手が復活して、もう一度昇太くんと会えて、こうして手を握っているの」

彼女はしみじみと言った。

「でも花音ちゃん……」

昇太は洟をすすり上げた。

「話を元に戻すけど、幽霊同士ならともかく、花音ちゃんは死んでいて、俺は生きてるって……じゃあどうして俺たちは今、話が出来てるの？」

「そうだよね。混乱しちゃうよね」

花音は、昇太の肩に回した左手で、優しく彼の頬を撫でた。

「それに、いま俺が花音ちゃんを抱っこしたり、手を握ったり出来てるのはどうして？　なんか矛盾してるっていうか……正直言って、今の花音ちゃん、滅茶苦茶リアリティーがあって、とても死んだ人とは思えないんだけど。あったかいし、ちゃんと重いし」

「重くない」

「すみません、重くはないです」

と言いつつ昇太は花音の体温と、しっかりとした体重を感じていた。彼女を乗せている自分の太ももは、そろそろ痺れてきているくらいだ。一方、目の前に置かれたPCのデスクトップからは花音の姿だけが消え、大学前の通りに夕陽が輝いている。これは一体何が起こっているのか。

「ここは君の、夢の中なの」

「え？」

「夢は何でもアリでしょ？　パソコンから超可愛い彼女が出てきたり、憧れのお姫様抱っこしたりするのも、夢の中では自由自在って訳。映画でも小説でも漫画でも、夢オチって結構あるよね」

「夢って……」

——これが、夢？

「俺はいま、夢を見てるの？」

「そう」

花音は真顔で頷いた。

「でもね。映画や小説と違って、実は思い切り不自由なのが、現実の夢。夢は決して思い通りにはならない。自分にとって都合の良いストーリーにならないのが、夢の世界。たとえ昇太くん自身の夢でも、絶対に昇太くんの思い通りにはならない。だって、昇太くんが一番私に会いたいとき、夢の中に私は出てこなかったでしょう？」

「確かに……」

「今こうして昇太くんの長い夢に現れ、昇太くんの腕の中にいる私は、昇太くんの想像力が作り出した偽物じゃない。自分の意思を持った本物の私なの」

花音は『長い夢』という言葉にことさらアクセントを置いた。

「長い夢って……？」

「そう、そこよ」

彼女は、昇太が話のポイントに気づいたことに満足げな表情を浮かべた。

「厳密に言うと、いま私たちがいるのは、昇太くんの意識下の世界なの」

「意識下の世界？」

「昇太くんの心の奥深いところに、君自身が作り出した世界よ」

「じゃあ、俺自身が作り出した世界に、花音ちゃんが入ってきたってこと？」

「そういうこと。理解が早いじゃん」

左手で頭を撫で撫でしてくれた。

「でも、完全に閉じられた世界じゃないの。特に、君が飛び降りるのをやめてからは、現実世界とリンクしてるわ。現実でもこの世界でも、きょうは同じ八月二十日。そして昇太くんはこの数か月、自分が霊体であることを意識せずに、しばしば現実世界にも干渉していた。ほら、あそこ……」

花音はラジオ局を指差した。

「昇太くんは今年の三月二十五日から実際に『ミッドナイト☆レディオステーション・イン・SAGA!』に出演していたの。毎回、霊体が実体化してね」

「え……？」

スタジオの中では、アンジェリカが楽しそうにトークを繰り広げている。いつも昇太が座っていた隣の席には、誰もいない。

「いやでも、そんなことが可能なの？　霊体が実体化するなんて……」

「さっき、でっかい徘徊霊の子が言ってたでしょ。昇太くんは、あのラジオディレクター、蓮池陽一さんと同じだって」

「それはそうだけど」

ラジオ局を見つめる花音の横顔は、何を考えているのか捉えどころがない。

「ていうか……花音ちゃんは、陽一さんのことを知ってるの？」

「そりゃ知ってるわよ。ずっと君の隣にいたし。あっちも私のことが見えてたしね」

「え？」

昇太は目を見開いた。

「陽一さんは、花音ちゃんのことに気づいてたの⁉」

「そう言ってるじゃん。あの人は周りにいるすべての幽霊が見えているみたい。それにディレクターさんだけじゃないよ」

「え……？」

「アンジェリカちゃんも、私に気づいてた。最初の夜からね」

「えええっ⁉」

「あの子とは会話までは出来なかったから、時々ファックスを送ってたけど。文通的な。ペンパル？　我ながら古いなー」

クククと笑う。

──ひょっとして……。

思い当たることがあった。

「俺が最初に出演した後に送られてきて、アンジェさんだけが読んだファックスって……」

花音が目をきらめかせた。

「イイ勘してるね。まさに霊感。もちろん私よ」

「マジか……何書いたの？」

「内緒！　ま、色々とね」

「めっちゃ気になるんですけど！」

「ガールズトークよ、ガールズトーク！」

「げげげ。どうせ俺の喋りのダメ出しとかじゃないの⁉」

「ま、そりゃ書くよね。昇太くん、ド緊張してメロメロだったし」

花音は「あはは」と豪快に笑い、しばらくして真顔になった。

「で、昇太くん。あの質問を私にしないの？」

「質問？」

「最初の夜、アンジェちゃんに聞かれてたじゃない。覚えてないの？」

「ああ……」

もちろん覚えている。

オンエアでアンジェリカはこう質問した。

『もしも彼女と話が出来るとしたら、何が聞きたい？』

あれはつまり――花音が見えていたから出た質問だった、ということだろうか。

あの時は思いがけない問いかけに、とっさに答えてしまった。だがそれだけに、
自分自身気づいていなかった本当の気持ちが浮かんできたのだとも思う。

「じゃあ、リクエストにお応えして、花音ちゃんに聞くけど……」

「どうぞ」

「花音ちゃん。今、幸せですか？」

彼女は「もちろん！」と即答した。

「だって今こうして昇太くんとお話しして、抱っこしてもらってるもん！」

なんて華やかな笑顔だろう、と昇太は思った。満面の笑みとは、まさにこういう表情のことを言うのだ。この美しい笑い顔を的確に描写出来るボキャブラリーを持たない自分が、もどかしくてたまらない。

花音ちゃんの笑顔を見るためだったら、俺は何でも出来る——と、改めて心の底から感じた。

「俺も幸せ！」

ふたりして、ぎゅっと抱き締め合う。

まさかこんな幸せな時間をまた過ごせるなんて、思いもよらなかった。

——神様ありがとう……。

「それに死んだら、手も生えたしね！」

「めっちゃ前向きだね！」

これに関しては、どうリアクションを取るのが正解かよく分からない。だが、柔らかい手のひらで頬や頭を撫でてもらうのは、とても気持ちが良かった。

「花音ちゃんは、やっぱ凄いなあ」

「どうして？」

「どんなときでも、明るくて前向きで。俺なんか、マンションから飛び降りて何か月も経って、ようやくこんな感じなのに……死んだ後でも、自分の気持ちをすぐに切り替えて。やっぱ凄いよ」

「すぐじゃないよ」

「え？」

「今だって、苦しくてたまらないもの」

「……」

どういうことだろうか？

彼女の言葉の真意が分からない。

「言ったよね？　昇太くんはまだ生きてるって」

「うん」

「私は、これがすべて。いま君といるこの私が、私の魂がすべて。でも昇太くんの魂には、帰るべき肉体がある……それが、私と君の違い。とても大きな、決定的な違い」

「……」

「君の本当の体は、病院のベッドで寝てる。一年以上前に飛び降りてから、ずっと目覚めてないわ……足なんか滅茶滅茶に折れてるから、どう治療しても、多分もう元通りには歩けない」

昇太は落下したときの衝撃を思い浮かべた。きっと花音の言う通りなのだろう。だがむしろ、九階から飛び降りて生きていることの方がよほど奇跡に違いない。

「言ったよね？　生き物は生きるために生まれてきたって」

「うん……」

「昇太くんは生きてる。だから、昇太くんは生きていかなきゃいけない。この先、どんなにつらいことが待っていたとしても。特攻隊のおじいさんが言った通り、今度は君が頑張る番なんだよ」

「花音ちゃん、ちょっと待って」

彼女の言葉は熱を帯びているが、嫌な予感がした。

「俺が肉体に戻るには、どうすればいいの？」

花音はひと呼吸置いて、言った。

「私という呪縛（じゅばく）から逃れないといけないわ」

「呪縛……？」

「昇太くんは、私がいない世界に絶望して、自殺しようとした。長い夢の中で何度も飛び降り続けた後、私のために立ち直ろうと努力し始めたけれど……やっぱり心のどこかで『自分のせいで花音ちゃんが死んだ』『自分が死ねば良かったのに』と思い続けてる。だからふんぎりがつかない。夢の中の就職活動が上手くいかなかったのも、多分そのせい。

昇太くんが私との想い出を乗り越えない限り、目覚めることは出来ないわ」

「想い出を乗り越えるって？」

「私との想い出を、全部忘れる……その覚悟をするのよ」

「そんな」

体中から嫌な汗が噴き出していた。

「俺が花音ちゃんを忘れるなんて……!?」

「生き返るためよ」

「でも……！」

ずっと長い間探し続けて、焦がれ続けて、今ようやく腕の中に抱いているというのに、その最愛の人のことを忘れなければいけないなんて。

「そうだ……！」

昇太は彼女の肩を抱いたまま揺さぶった。

「このままでいいじゃないか！　別に目覚めなくたって、このまま花音ちゃんと夢の中で楽しく過ごせばいいじゃないか。そのうち病院で寝てる俺の体が死んでしまえば、それこそ幽霊になって、ずっと一緒にいられるんだろ？」

「ばかっ！」

　花音が昇太の膝から飛び降り、思い切り昇太の顔を平手打ちした。

「なんてことを言うのよ！　昇太のばか、ばか、ばかっ！」

　彼女は昇太を何度も叩き、肩で息をした。

「君のお母さんとお父さんは、病院に毎日、お見舞いに来てるのよ⁉　君がいつか目覚めると信じて、筋肉のマッサージをしたり、ストレッチをさせたり……何度も、何十回も、何百回も、何千回も。君は知らないだろうけど、想像もつかないだろうけど、とても神経を使うし、重労働なのよ。子どもへの愛情が無きゃ、とても出来ないことなんだから！　君ひとりの命じゃないんだからね⁉」

「母さんと父さんが……」

　母と父の話を聞いて、昇太の両目から涙が零(こぼ)れ落ちた。一人息子で、両親の愛情を一身に受けて育ててもらった。ふたりのことを思うと、申し訳ない気持ちしか湧(わ)かない。

　自分は、なんて親不孝な子どもなんだろうか。

――ごめんなさい……。

だがそれでも、質問せずにいられなかった。

「花音ちゃんは……俺が花音ちゃんのことを忘れても、平気なのかよ」

その言葉を聞いた花音は、再び昇太の顔を平手打ちした。

「どうしてそんなにバカなの⁉」

両手を握り締め、ぶるぶると震えた。

「平気な訳、ないじゃない！」

真っ赤になった顔をしわくちゃにして、彼女は泣き始めた。

「私が死んだときだって……私は、君の命を救えて嬉しかったけど、でも、もう君と一緒にいられないことが、生きていけないことが、どんなに悲しかったか、つらかったか、分からないの⁉」

両目からぽろぽろと涙を零しながら、花音は叫んだ。

「なによ！　人がせっかく助けたのに、マンションから飛び降りるなんて！　こっちは生きたくても生きられないのに、死のうとするなんて……！　そして今は、生きてるくせに、生きようとしないなんて！」

その後は感情が爆発し、言葉にならなかった。

花音は目をぎゅっとつむり、夜空を仰いで泣き続けた。

昇太も泣いていた。溢れ出す涙が止まらない。彼女が泣いているのは、彼女自身のことではなく、ほかならぬ昇太のためだと分かっていた。

そして今、昇太自分がなすべきことも。

「……花音ちゃん、分かったよ。俺、現実世界で生きることにするよ。君との想い出を乗り越えたり、忘れたりだなんて、そんなこと絶対に嫌だけど……でも花音ちゃんが望むなら、やるよ。

そのためなら……出来るかどうか分からないけど……君のことを忘れる努力をする。だって俺は、いつだって花音ちゃんの笑顔が見たいし、花音ちゃんに褒(ほ)めてもらいたいんだ」

なるべく腹の底から、声を出した。そうしないと、涙で喋れなくなりそうだったから。

「うん……」

花音は、えずきながら昇太を見た。

「昇太くんが本気でそう思ってること、伝わってきたよ。私だって凄く寂しいけど、つらいけど……でも、君は生きているから。私には無い、命を持っているから。私にはもう、君を応援することしか出来ないから……」

彼女は両手で不器用に涙を拭き、懸命(けんめい)に笑顔を作って、言った。

「昇太くん、よく決心したね。偉いぞ！」

「ありがとう……」

昇太はもっと沢山自分の気持ちを喋ろうとしたが、「ありがとう」以外は言葉にならず、嗚咽するばかりだった。

しばらくして花音が、涙が混じった声で言った。

「おめでとう。昇太くんは今から現実世界に帰れる。生き返れるよ」

「うん……俺、どうすればいいのかな？」

彼女は両手を広げた。

「昇太くんが決心しさえすれば、強い気持ちを持つことが出来さえすれば、元の体に戻れるの。心と肉体が強く引き合うのよ。もう何もしなくていいわ。だから、それまでの間……もう一度抱き締めて」

昇太は花音の華奢な体を抱きすくめ、口づけをした。彼女は少し震えながら、呟いた。

「ああ……分かる？　昇太くん、もうすぐだよ。もう、お別れだよ……」

「うん……」

体が次第に透き通っていくような感覚を、昇太は感じていた。

「いっぱい叩いてごめんね」

「うん。マジで痛かった」

まだ両頬(ほほ)がじんじんしている。霊体、というか夢の中だから痛みなんか無さそうなものだが、それだけ花音の気持ちが強かったということなのだろう。

「えへへ……でも、素手でよかったね」

「どうして？」

「義手であんだけ殴ったら、昇太くん多分、顔が変形して死んでたよ」

「死んでもよかったのに」

「おいこら」

「すみません……」

もう一度キスした。

目の前のラジオ局からは、柴咲(しばさき)コウ演じるヴォーカリスト、RUI(ルイ)の「月のしずく」が流れている。映画「黄泉(よみ)がえり」の主題歌。確か、死んだはずの人が蘇ってくる話だ。

——よりによってこの歌か……。

こんなときに、タイミングが良過ぎるというか。

世界の何もかもを把握している名ディレクター、蓮池陽一の仕業なのかもしれない。

昇太の視界の中で、歌とともに花音の白いセーターが次第に広がっていき、花音の顔以外は真っ白になった。花音が「さようなら。いつかまた会おうね」と囁い(ささや)た。

意識が途切れる間際、駅前広場が一瞬だけ見えた。赤い鳥居の前に、大きな鎌を持った背の高い男が立っている。全身に黒い布をまとった彼は、昇太を無表情に見返していた。

——あれは……死神？

男の隣には、空間をそのまま切り取ったような、不自然な黒い穴が開いている。

——ああ、そうか。

天啓(てんけい)のように悟った。

——幽霊になって、花音ちゃんと楽しく過ごすどころじゃない……。

——俺はもう少しで、あの死神に連れていかれるところだったんだ……。

昇太は花音に、二度も守られたのだった。

昇太がいなくなった後、駅前広場の赤い鳥居と祠が黄金色の光を眩しく放ち始め、鎌を持った大男は無表情なまま黒い穴に消えた。

エピローグ

昇太は、意識を取り戻した。

まず聴覚が回復し、窓の外から蝉の声が聞こえてきた。

やがて部屋を訪れる人々の会話から、大きな病院のベッドに寝かされていることが分かった。

次に、同室のお年寄りが昨夜亡くなったことを知った。九十四歳のおじいさんで、隣のベッドで寝たきりの昇太のことをいつも気にかけていたらしい。どんな人だったのだろうか。

一年以上ぶりに覚醒したせいか、瞼を開けようとしても眩しいばかりである。しかしそれで、彼は自分の「生」を実感した。

――俺、生き返ったんだ……

良かった。だけど……

口も動かないので、頭の中で呟いた。

――なんだよ、大嘘つき。

目頭が熱くなり、鼻の奥が痛くなった。

――花音ちゃんのこと、全然忘れてないじゃないかよ……。

昇太の目から涙が流れていることに看護師たちが気づき、病室の中が慌ただしくなった。

それから半年以上が過ぎた。

年も変わり、間もなく三月十四日になる深夜。

佐賀駅では、春とはいえまだ冷たい夜空に、青白い満月が昇ってきた。

両手で松葉杖をついた昇太が、ゆっくり、ゆっくりと南口広場を歩いていく。

夜間照明が輝くラジオ局に辿り着くと、ガラス戸が開いた。

「やあ、ようやく来たんだね。待っていたよ」

少女漫画に出てきそうな美青年が微笑む。

「陽一さん……」

万感の想いを込めて、松葉杖の昇太が呟いた。

「昇太くん。僕もね、最愛の妻を交通事故で亡くしたんだ」

憧れの人は静かに言った。

「あ……」

陽一と初めて会った夜、昇太に『君と僕は似ている』と言ったのは、ふたりが背負っている境遇のことだったのだ。

「だから君には、必ず助かってほしいと思っていたんだ」

その限りなく優しい微笑みに、昇太は胸がいっぱいになった。

「そうは言っても、自分の魂を救えるのは自分だけだ。他の誰にも助けることは出来ない。だけど昇太くんなら、きっと乗り越えられると信じていたよ」

やはり陽一は最初からすべてを知っていながら、昇太のことをただ見守ってくれていたのだ。

「ありがとうございます……」

「サケちゃん!」

後ろから名前を呼ばれ、振り返ると青い髪の少女が立っていた。

「お帰りなさい!」

「アンジェさん!」

「んもうサケちゃん、超遅いよ! 去年の夏から半年以上待った気分だよ!」

「いや、その通りなんですけど」

「相変わらず理屈っぽいなあ。もっと面白いこと言ってよ」

「俺は一体、どうすれば!?」

「いいねいいね、相変わらずだね」と、陽一が手を叩いて喜ぶ。

「やっぱアンジェと昇太くんのコンビは最高だよ。ねえ君、そう思わないか？」

話を振られた少女は「クスッ」と笑った。

「そうね。ふたりの実力差があまりにも開き過ぎているけれども、だからこそ将来性だけはあり過ぎる的な。でも仕方ないから、あくまで希望的観測により応援する的な感じ？」

昇太はあんぐりと口を開けて、少女の顔を見た。

「その話し方……」

彼女はいつもより少し大人びた顔で笑った。

「ハロー、昇太くん」

「まさか……」

「そのまさかよ」

青い髪のミスDJは腰に手を当て、上目遣い（うわめづか）に見た。

「通りすがりの徘徊霊（はいかい）くんに出来ることが、この私に出来ない訳ないでしょ？」

「いや、ていうか……徘徊してるだけの彼には出来ないことを、いま軽々とやっちゃってるような……」

「当然でしょ？　出来そうにないことをやっちゃうのが、私なんだから」

昇太の目に涙が溢（あふ）れた。

「やっぱり花音ちゃんだ……」

「あらら。すっかり涙もろくなっちゃって」

彼女は彼の顔を下から覗き込んだ。

「どうして……」

「ん？」

「どうしてあのとき、君のことを忘れろだなんて……」

「しょうがないじゃん。昇太くんはもうすぐ時間切れで、本当に死ぬとこだったんだから。恐ろしい死神がスタンバイしてたの、最後に見たでしょ？　ああでも言わないと、君は思い切れないと思ったから」

「そうだったのか……」

自分はいつも、花音の手のひらの上だ——と、昇太は改めて思った。

「ありがと、昇太くん」

彼女が花のように笑った。

「ホワイトデーに再会だなんて、ちょっと出来過ぎ。奇跡的だわ」

「あ……」

そういえば、日付が変わればホワイトデーだ。

「ごめん。俺、何もプレゼント用意してない」

落ち込む昇太に、花音は噴き出した。

「そりゃ仕方ないよ。用意してる方がオカシイでしょ」

「そ、そっか……」

「という訳で、今夜はもう行かなきゃ」

アンジェリカの姿をした花音は、さばさばとした表情で言った。

「んじゃ、またそのうち一緒に喋ろうね！」

「え、ちょっと待って！　一緒に喋ろうって、また会えるの⁉」

慌てる昇太に、彼女は得意の悪戯っぽい笑みを浮かべた。

「それは君次第だよ」

「え？　俺次第って、それはどういう……」

だが少女は質問に答えることなく、次の瞬間には、いつものアンジェリカの表情に戻っていた。

「はいはい、あたしはアンジェさんですよ！」

「えええ？　一体どういう……」

あまりの展開の速さに、まるでついていけない。

少女は長く青い髪を両手で撫でつけた。

「時々ね、これまでも花音ちゃんに体を譲ってたの」

「はあ？」

「乗り移るっていうの？　憑依現象。まあ、同じ喋り手志望者のよしみで」

「マジで……」

生放送中に、何度か「花音ちゃんに似ている」と思ったのは、気のせいではなかったということだろうか。

「確かに花音ちゃんが、陽一さんとアンジェさんは自分に気づいてるって言ってたけど……」

まさかアンジェリカに憑依して、ラジオ出演までしていたとは。

流石、幽霊になっても花音らしい行動力ではある。

「ていうかあたし、サケちゃんが普通の人じゃないってことにも、初めから気づいてたしね」

アンジェが胸を張って言った。

「え？　分かってて俺をスタジオに引きずり込んで、コンビ組んだの？」

「そう」

よくもまあ、肉体を持たない人間と楽しくラジオ番組が出来たものである。

「俺のこと……怖くなかったの？」

「怖くなかったよ。だから声かけたたし」

　アンジェはニヤリと笑った。

「あたし、もともと霊感強い方だったんだけどさ、陽一さんと出会ってから増幅されたっていうか。駅前の赤い鳥居とか祠とか、色んなものが見えるようになったんだけど、一番印象的だったのが君の存在で」

「俺？」

「サケちゃん、番組に出る前は、しょっちゅうラジオ局を覗きに来てたじゃん？」

「うん、まあ」

　その通りではある。

「最初は、あたしのストーカーか変態じゃないかと思ってたの。こいつ生き霊だけあって、執着すげえなって」

「ひでえ……」

　少女はケラケラと笑った。

「おや、もうすぐ日付が変わってしまうよ」と、首から下げたストップウォッチを見ながら、陽一が楽しげに言った。

「どうだい昇太くん。久しぶりに喋っていくかい？」

「……はい」

　昇太は、はにかみながら頷いた。もちろん、そのつもりでここへ来たのだ。

美青年ディレクターは、松葉杖の昇太が入りやすいように、強化ガラス製のドアを大きく開けた。相方をかばうように最後に入ったアンジェリカが、ふと赤い鳥居と祠を振り返り、小さく手を振る。

「そうこなくっちゃ。ほら、お入り」

十分後、お馴染み（なじ）みのオープニングテーマがラジオ局から流れ始めた。

星がきらめくような効果音に導かれ、軽快なポップミュージックが弾（はじ）けていく。

ふたりで声を合わせて——

「ミッドナイト☆レディオステーション・イン・SAGA！」

夜は、まだまだ終わらない。

〈完〉

あとがき

大変お待たせしました。「午前0時のラジオ局」関連のシリーズとしては、これで五冊目。前作『事件記者　星乃さやかの涙』以来、本当に久しぶりの出版となりました。

この度、新作執筆（しっぴつ）の機会を『創刊百四十周年記念連載（れんさい）』という場で与えてくださった佐賀新聞社各位には、感謝にたえません。本当にありがとうございます。

新聞連載に絡み、今年一月には、声優の置鮎龍太郎（おきあゆりょうたろう）さんを主演に、朗読劇（ろうどくげき）「午前0時のラジオSAGA—前夜—」（主催・NBCラジオ佐賀／後援（こうえん）・佐賀新聞社／協力・佐賀県アーツコミッション）を上演し、ラジオでもOAしました。

また五月・六月には東京と佐賀で、この小説を原作とした舞台が上演されます。主演は二〇二三年の舞台第一作に引き続き、福田悠太（ふくだゆうた）さん（ふぉ〜ゆ〜）、共演に高田翔（たかだしょう）さん、高柳明音（たかやなぎあかね）さん、宮﨑香蓮（みやざきかれん）さんという豪華キャストです。上演台本・演出の霧島（きりしま）ロックさんは、今回も舞台オリジナルの設定を考えてくださいました。実は原作者の私自身が、観劇（かんげき）の日を一番楽しみにしているかもしれません。

あっという間に紙面が尽きてしまいました。読者の皆さん、いつかまたお会いしましょう。今回出番が無かった優（ゆう）や佳澄（かすみ）も、きっと会いたがっていますから。

本書は、二〇二四年五月二十三日から十月六日まで「佐賀新聞」に連載された「午前0時のラジオＳＡＧＡ」を改題の上、加筆・修正したものです。

著者紹介

村山仁志（むらやま　ひとし）

1968年長崎県生まれ。日本大学芸術学部を卒業後、NBC入社。以来主にラジオ番組を担当し、NBCラジオ佐賀の局長を務める現在も、局長業務の傍ら番組に出演する現役アナウンサー。2008年、「三井雷太」名義で第1回メガミノベル大賞金賞を受賞し、翌年受賞作を改題した『パラダイスロスト』で小説家デビュー。村山仁志名義での著書に「午前０時のラジオ局」シリーズの他、『事件記者・星乃さやかの涙』『魔法の声　～長崎東山手放送局浪漫～』『アゲイン～私と死神の300日～』などがある。

また2018年には、NBCのアナウンサーとしてギャラクシー賞（ラジオ部門DJパーソナリティー賞）を受賞している。

ＰＨＰ文芸文庫　午前０時のラジオ局 満月のSAGA

2025年３月21日　第１版第１刷

著　者	村　山　仁　志
発行者	永　田　貴　之
発行所	株式会社ＰＨＰ研究所
東京本部	〒135-8137 江東区豊洲5-6-52
	文化事業部　☎03-3520-9620（編集）
	普及部　☎03-3520-9630（販売）
京都本部	〒601-8411 京都市南区西九条北ノ内町11
PHP INTERFACE	https://www.php.co.jp/
組　版	朝日メディアインターナショナル株式会社
印刷所	株式会社光邦
製本所	株式会社大進堂

ISBN978-4-569-90472-6

PHP文芸文庫

午前0時のラジオ局

村山仁志 著

テレビからラジオ担当に異動となった新米アナウンサーの優。そこで出会った先輩の秘密とは？　温かくてちょっぴり切ないお仕事小説。